W0184403

ISABELLE AUTISSIER

SEULE LA MER S'EN SOUVIENDRA

roman

BERNARD GRASSET
PARIS

ISBN 978-2-246-72091-1

Tous droits de traduction, de reproduction et d'adaptation
réservés pour tous pays.

© *Éditions Grasset & Fasquelle, 2009.*

Les événements qui se sont produits à cette époque étaient si inattendus et déchirants, que je ne les ai longtemps pas regardés en face. Ils me réveillaient certaines nuits comme on l'est par un robinet mal fermé dont le discret ploc-ploc s'insinue au fond du cerveau. Je les chassais ensuite de mon quotidien.

Quinze ans ont passé depuis les faits. Je suis enceinte. Ce n'est pas seulement le répit que me procure une grossesse paisible qui me pousse à exhumer ces souvenirs. Je crois que j'ai besoin de faire place nette avant que n'arrive la génération suivante. Je me sens aussi mieux armée, adulte à mon tour, pour essayer de comprendre.

Je connais depuis longtemps la manière d'effectuer ce travail de mémoire. Nous avons partagé avec papa le goût d'écrire. Son aventure tient en trois gros cahiers à spirale, tachés d'humidité, que j'ai été, tour à tour, trop jeune puis trop en colère pour ouvrir. De mon côté, j'en ai une vingtaine, mais seul le premier est contemporain des faits.

Il y a à la maison une pièce à moi, toute petite et mal chauffée, attenante au salon, que j'aime appeler mon boudoir et qui est l'ancienne chambre de mes parents. J'y entasse mes passions et mes passe-temps : gouaches, livres toujours relus, rameur d'appartement, petits meubles à retaper, outils, fouillis. C'est là, sur la table à toile cirée jaune, que j'ai disposé les quatre cahiers dont les récits s'entrecroisent. Sur la couverture du mien, j'avais dessiné un bateau sur un océan de fleurs et, en lettres inégales, tracé : « EVA : mon journal ».

Ceux de papa sont de grands formats, avec sobrement dans le coin supérieur gauche : « A bord de *Sailahead*; Peter March : 31 octobre 1968 au 15 mars 1969 », puis sur le suivant, la même mention reprenant au 16 mars 1969, mais sans date de fin et un dernier à la couverture encore plus maculée, qui ne porte aucun titre.

Je caresse les trois reliures, j'ai envie de pleurer, ce doit être la grossesse qui me rend émotive.

J'avais quatorze ans quand il est parti.

Papa nous a toujours fait rire. Je ne me souviens pas d'un jour où l'éclat de sa voix n'ait enchanté la maison. Il commençait par pouffer trois ou quatre fois, comme une quinte de toux, puis les gloussements se rejoignaient, formaient un fleuve de rire qui se déployait en balayant tout sur son passage. Il n'y avait pas moyen d'échapper à cette crue. On riait de le voir rire et la vie paraissait facile et joyeuse. Je suis sûre qu'il s'en servait pour arriver à ses fins. Quand il voulait quelque chose, il n'argumentait pas longtemps, subrepticement il casait une blague, puis une autre, laissant sciemment éclater sa jubilation. Il y avait tout d'un coup du soleil dans la pièce. L'autre s'abandonnait à cette joie. Il avait gagné.

Nous, les enfants, étions toujours prêts à suivre ses fantaisies. En revenant de l'école, nous le trouvions parfois déguisé, affalé dans le canapé, les pieds sur la table basse. Je me souviens de lui entortillé dans un drap et nous annonçant qu'il était Néron ou en pyjama orange avec le bonnet de bain vert de maman sur la tête, transformé en carotte géante.

— Sommes-nous bien sûrs de qui nous sommes ? – disait-il – La vie est un grand jeu. Nous avons des cartes dans les mains à la naissance, mais rien n'empêche de piocher dans le paquet, d'essayer de se mettre dans une autre peau. Vous voyez, mes chéris, il faut parfois inventer les règles au fur et à mesure que l'on joue. Ce serait trop triste que tout soit déterminé à l'avance. Il faut tenter des expériences, on peut toujours y découvrir quelques clés inattendues de l'existence.

Nous étions sensibles au déguisement, bien sûr, plus qu'à cette philosophie de la destinée.

— Rire de soi, c'est bien la seule élégance qui reste, au milieu de cette vie cadrée et réglementée.

— Tu comprends – disait-il à maman qui protestait devant ses frasques –, je me stérilise le cerveau à régler toute la journée des histoires de banque et de fournisseurs. Jouer me défoule et entretient mon imagination. C'est essentiel si je veux rester un « trouveur » et pas un perpétuel chercheur.

Maman râlait surtout quand nous jouions au « tapis ». La moquette se transformait en vaisseau spatial et la batterie de cuisine tenait lieu d'instruments de bord. Nous embarquions, papa, moi, Alex et Chris, mes frères, pour une virée pleine d'imprévus en direction de Sirius ou d'Aldébaran. Il y avait toujours une grosse partie de chatouilles et de chamboule-tout, quand il fallait revenir sur terre. Maman prétendait alors que, sans s'en rendre compte, elle avait dû donner naissance à quatre enfants et non pas à trois.

Les week-ends, il insistait pour que nous invitions nos amis. Il a toujours adoré avoir un public, séduire, captiver, entraîner les autres. A nouveau, le minuscule salon était sens dessus dessous, les livres de la bibliothèque servaient à construire des ponts pour le train électrique et la toile cirée de la cuisine à établir une tente d'Indien.

Professionnellement, il appliquait cette énergie et cette imagination à l'affaire d'électronique de marine qu'il avait montée, persuadant deux de ses anciens clients, Roger Bredis et Charles Meny, d'investir dans « Sailahead Ltd ».

J'ai peu de souvenirs d'avant « Sailahead Ltd », lorsque nous étions encore à Brighton. Je sais qu'il travaillait comme technicien chez un installateur de radars et de sondeurs pour bateaux de pêche. Il y était très apprécié, trouvant toujours des bricolages géniaux pour faciliter l'usage de ces engins. Finalement, il s'était fâché parce qu'on ne lui laissait pas assez de temps pour mettre au point ses idées.

— Je ne vais pas passer ma vie à boulonner

ces appareils idiots. Si vous ne comprenez pas qu'il y a des fortunes à faire en les rendant un peu plus intelligents, alors tant pis pour vous !

Nous avions déménagé pour Portsmouth. La ville était trois fois plus petite, si l'on tient compte que Brighton et Dove se touchent et rassemblent 500 000 habitants. Maman se plaignait du manque de vie culturelle et de la distance plus grande avec Londres qui l'empêchait de faire ses escapades en train, pour se repaître de musées et de librairies. Pour « Sailahead Ltd », c'était un bon choix qui offrait une clientèle plus variée. Les baies marécageuses de Portsmouth et de Langstone qui enserrent la ville, à l'ouest et à l'est, communiquent par Port Creek Channel pour l'isoler du reste de la région et en faire une ville-île résolument tournée vers la mer. Bordée au sud par le célèbre Solent et l'île de Wight, c'est le fleuron historique de toutes les marines anglaises. Avec la pêche, il y avait la plaisance naissante et la Royal Navy que papa espérait éblouir un jour. Portsmouth était sûrement moins proprette, plus industrieuse que Brighton, mais en contrepartie, mes parents avaient pu y acquérir pour un prix correct une maison, entre les quartiers de Southsea et d'Eastney, devenue nécessaire à la venue de trois enfants et à l'établissement de papa comme indépendant. C'était la seule de la rue qui déparait les monotones alignements des reconstructions d'après-guerre, car une partie avait été modifiée pour servir de hangar, empiétant sur la maison et réduisant le jardin à un mouchoir de poche.

— Tu regrettes tous ces snobs et ces petits retraités londoniens de Brighton ? – se moquait papa, quand maman se désespérait – Une maison plus un atelier, rien que pour nous, comparé au piètre appartement d'avant ! Et puis la culture, il ne tient qu'à nous de la créer. Le terrain est quasiment vierge ici, c'est excitant d'avoir tout à faire, non ?

A ses débuts « Sailahead Ltd » s'était honorablement développé. Il avait embauché deux jeunes pour effectuer les installations à bord des bateaux, se réservant la partie commerciale et le développement de nouveaux appareils. Son charme, son entrain et son inventivité lui valaient des succès, surtout dans le monde de la plaisance.

On a toujours navigué dans le Solent, dès le XIXe siècle, les régates ont fait la joie de lords fortunés, mais depuis les années 60, notre plaisance s'est enhardie. Chaque mouillage, de Douvres à Land's End, regorge de coques.

Parmi elles, certaines ont vu les eaux américaines, africaines ou indiennes. Hasler, Rose, Chichester ont été des pionniers astucieux et intrépides, mais avec eux a grandi une génération à qui les côtes de la Manche, tout en brumes et en courants, ne suffisent déjà plus. Papa prédisait :

— Naviguer loin à la voile, ça se fera grâce à l'électronique. Il ne suffit pas de miniaturiser et d'adapter les techniques de la marine marchande. Il faut inventer. Il n'y a pas de raison que la mer et le vent restent des fluides incontrôlables. Bientôt les plaisanciers vont vouloir « naviguer intelligent », avec de véritables tableaux de bord calculant la gîte, l'avancement, les courants, la force et la direction des brises et de la houle. J'ai des centaines d'idées.

Un speedomètre et un anémomètre électroniques faisaient déjà le succès de « Sailahead Ltd ». De chaque conférence qu'il faisait dans les Yacht Clubs de Portsmouth, Southampton ou Gosport, sur « la plaisance du futur », il revenait avec des commandes.

Après ces bons débuts, les affaires s'étaient compliquées et ses associés ne se privaient pas de lui reprocher de passer trop de temps dans des développements peu rentables. Lui n'en avait cure, il était sûr de travailler pour l'avenir.

En grandissant, je m'étais lassée des parties échevelées sur la moquette. Même si j'ai toujours été une enfant sportive, je passais l'âge de me rouler par terre avec des frères de trois et cinq ans mes cadets. Je commençais à prendre soin de moi, à rêver de porter des collants et à domestiquer mes cheveux au babyliss. Surtout, j'aspirais à avoir de temps en temps pour moi toute seule ce père exubérant que tout le monde m'enviait. Il l'avait senti et, à partir de mes onze ans, il commença à m'emmener avec lui sur son bateau. Il avait un voilier en contreplaqué de 6,80 mètres, robuste et bon marcheur. Il s'en servait surtout pour tester ses inventions. A mon grand regret, il avait démonté les couchettes et le coin cuisine où j'aurais rêvé de faire la dînette, pour y installer des câbles et des boîtiers. Je crois qu'il n'aimait pas la croisière. Il n'était pas contemplatif. Mais la mer lui procurait une vraie excitation intellectuelle. Il n'y avait pas de navigations, la plus petite soit-elle, où il ne se délectait en calculs de cap vrai et cap magnétique, et se livrait à la construction vectorielle des courants. Il étudiait la météo, dessinant sur la carte anticyclones et dépressions comme si nous devions traverser l'Atlantique. A peine sorti du port, il mettait en branle tout un système de radionavigation. Mes souvenirs de voile sont indissociables des miaulements en morse de la gonio, avec laquelle il relevait les émissions radio des grands phares de la Manche. Il comparait avec gourmandise la position obtenue avec celle que lui procurait le decca, un autre système de localisation, plus courant sur les cargos que sur un si petit navire. Il courait ensuite faire un point au compas sur les amers remarquables de la côte et reportait tout cela dans un grand tableau comparatif.

Puis il s'attaquait aux voiles, essayant de balancer le bateau pour qu'il se gouverne seul. Là encore, il transcrivait avec une précision maniaque la force et la direction du vent, l'état de la mer, le réglage des voiles qu'il matérialisait avec un scotch rouge collé sur les drisses et les écoutes. Il commentait ses gestes à voix haute, émettant ses inévitables plaisanteries, auxquelles j'avais à cœur de rire. Avec le recul, je pourrais me demander ce qu'il fuyait par cette suractivité. A l'époque, j'avais mon papa pour moi toute seule pendant quelques heures. Tout était bien.

Il m'avait rapidement appris à barrer pour pouvoir se concentrer sur ses expériences. Les mains crispées sur la barre en bois verni, sourcils froncés guettant les errements du compas, j'écoutais le chant de l'eau contre la coque. Contrairement à bien des enfants, qui auraient ressenti de la monotonie, je ne me suis jamais ennuyée. Les eaux du Solent sont brassées par de puissants courants et des vents complexes dus à de fréquentes dépressions et à la forme de la côte qui les dévie. Si les événements ne m'avaient pas fait prendre la voile en répulsion, j'aurais sûrement fait une bonne régatière. J'adorais lire dans le changement de couleur ou le friselis de l'eau la renverse de la marée et je pouvais prévoir l'arrivée de la brise de mer à la netteté soudaine de l'horizon. Le spectacle, entre l'île de Wight et la côte, est permanent : ferry-boat vers Le Havre, Saint-Malo ou Guernesey, cargo en route pour Southampton, navire de guerre, pêcheurs à l'arrière couronnés de fanions multicolores, voiliers à la gîte, tout me faisait rêver. Je fermais les yeux et m'imaginais à l'autre bout du monde sur tel ou tel navire que je venais de croiser.

Comme si les multiples activités de papa à bord ne suffisaient pas, nous allions en plus à la pêche, toujours au même endroit, au tombant des têtes de roches du côté de Bembridge, là où les bars folâtrent dans les algues. Je découvris alors une facette singulière de la personnalité de mon père. Une fois l'ancre en place et les voiles affalées, comme nous sortions les lignes, chacun d'un côté du bateau, il s'abîmait dans le silence. La plongée hypnotique du fil dans l'eau l'entraînait sur des chemins énigmatiques et solitaires. Son visage triangulaire s'allongeait encore, le sourire se pinçait jusqu'à blanchir. Il ne semblait pas triste, juste absent, plongé loin dans l'envers du monde. Mes remarques, mes boutades restaient en suspens. Si de temps à autre ses lèvres bougeaient comme l'expression d'un débat intérieur, rien ne filtrait. Au début j'étais décontenancée, puis j'avais acquis cette sorte de fierté que donne l'abandon de ceux que l'on aime. Il se livrait ainsi à moi seule. Il y avait entre nous ce pacte. Regarder la brume monter au loin sur la côte, le mouvement du fucus dans le courant, le savoir auprès de moi, me suffisaient.

Sans transition, il émergeait de sa torpeur.

— Allez, ma bichette, en route pour le monde des vivants !

Nous n'avions pas plus tôt levé l'ancre qu'il basculait dans son ancien personnage d'activiste euphorique.

Une seule fois il répondit à une question que je ne pus m'empêcher de lui poser. Il avait relevé sa ligne sans succès et, au lieu de relancer, il restait là, fixant les vagues avec une concentration absolue.

— Tu fais quoi, papa ? Qu'est-ce que tu regardes ?

Il ne sursauta pas. Sa voix répondit douce et sérieuse comme jamais.

— Je regarde les yeux, les yeux de la mer. La mer qui me parle avec ses yeux.

Je n'ai pas osé lui demander ce qu'elle lui disait. Je me suis penchée à mon tour. Il n'y avait que les petits éclairs de la lumière de printemps diffractés par le clapot court. Je cherchais à percer la couche superficielle pour apercevoir une pupille tapie dans les fonds. Je ne vis rien. Je n'osais pas poursuivre la conversation. Sa réponse m'avait mise bizarrement mal à l'aise.

Au final, j'ai eu une enfance et un début d'adolescence heureux. C'est au cours de l'hiver 1967-68 que tout a basculé.

J'ai étalé les photos de ces années-là. Il n'est pas très grand, un léger embonpoint, les cheveux châtains bouclés, plutôt longs pour l'époque, cachant un début de calvitie, et dessous un mince visage triangulaire. Seuls ses yeux sont un peu rêveurs, on ne sait jamais s'ils fixent l'objectif ou s'ils regardent au-dessus, mais tout le reste de sa physionomie paraît jovial, malicieux même. Il a toujours le sourire, bien que sur certains clichés il m'apparaisse un peu forcé, comme en représentation. Cela m'amuse de remarquer qu'il n'est jamais habillé harmonieusement. Soit il a une chemise blanche et une cravate irréprochable avec des chaussettes tirebouchonnées et des taches sur son pantalon, soit son pull est troué sur un pantalon au pli impeccable et des chaussures cirées. Est-ce un hasard, mais sur toutes ces photos il est au centre du cliché et même dans un groupe important. Il n'est jamais flou ou au deuxième plan, et jamais seul. Il est toujours accompagné, soit de l'un d'entre nous, soit de ses assistants, de copains, d'un journaliste. Il fait une grimace complice, un geste du bras ou semble en plein travail. Ce sont les photos d'un homme plein de vitalité et d'humour. Impossible d'y déceler quoi que ce soit du drame qui s'approche.

J'ai scruté ces clichés pendant des heures. C'est la première fois depuis quinze ans qu'il me vient un si absolu besoin de comprendre. J'ai sans doute besoin de me débarrasser, une fois pour toutes, d'un sentiment de culpabilité puisque j'ai eu entre les mains, à l'époque, des informations qui auraient pu changer le cours des choses.

J'ai lu et relu les journaux de papa. Je les connais par cœur. Mais pour l'instant, cela ne m'aide pas.

JOURNAL DE PETER MARCH

31 octobre 1968

Une voiture est passée, rompant le silence de la rue. Elle ne m'a pas réveillé. Je n'ai pas dormi, ou si peu. Je me sens comme la chèvre de Monsieur Seguin, j'ai soutenu la lutte toute la nuit et maintenant que le jour fait pâlir les rideaux, j'aimerais m'abandonner, me pelotonner contre Alice, poser ma main sur son ventre et m'endormir.

Souvent quand j'ouvre les yeux, je suis assailli par le sentiment de découragement, l'angoisse me pince la poitrine. La journée à venir semble une lutte vaine, se lever sonne comme un arrachement impossible à la chaleur des draps. Je dois me faire violence pour me projeter hors du lit. Mais dès que j'ai le parquet froid sous les pieds, la vitalité revient, j'oublie mes doutes.

Aujourd'hui, pourtant, j'aurais eu quelques excuses à cette appréhension matinale.

Aujourd'hui, je pars.

Je pars pour ce qu'aucun homme n'a jamais tenté. Cela semble une folie, c'est un défi qui fondera quelque chose de totalement nouveau, un de ces actes où, sans forfanterie, on peut dire qu'il y a l'humanité d'avant et celle d'après. Il ne m'a pas effleuré d'y chercher un sens, je crois n'avoir même pas ressenti les affres du choix. Cette chose est faite pour moi, elle m'habitait, secrète, enfouie. Elle s'est seulement réveillée un jour. J'ai ressenti le même frémissement que l'homme amoureux qui croise enfin le regard qu'il lui semble avoir toujours attendu.

31 octobre 1968, mon jour de gloire ?

Je pars faire une course autour du monde à la voile en solitaire et sans escale.

En quelques minutes me voilà calme, presque joyeux. Je regarde les poussières qui dansent dans les rais de lumière qui filtrent des persiennes. Leur mouvement est aléatoire, singeant une humanité désordonnée et sans but. Aucune de ces particules ne sait où elle va. Moi, si !

Joshua Slocum, en 1895, a fondé la navigation de plaisance en solitaire, autour du monde. Je me sens des affinités avec ce capitaine de clipper, que l'irruption de la vapeur avait jeté dans la misère. Par sympathie un ami lui donne une épave de 10 mètres de long qu'il s'occupe à retaper. Je me demande ce qui l'a incité ensuite à faire un tour du monde avec : le désœuvrement, l'envie de faire un exploit pour se relancer dans la vie ? Parti avec 1,80 dollar en poche, il revenait trois ans plus tard en héros, et serait reçu par Theodore Roosevelt.

Lentement, les marins suivants ont repoussé les limites. L'Argentin Vito Dumas a renoué avec les quarantièmes rugissants abandonnés par les trois-mâts. Lui aussi a été traité de fou quand il s'est élancé, au beau milieu de la Seconde Guerre mondiale. Encore plus pauvre ! Il n'avait qu'un imperméable sous lequel il entassait les couches de papier journal, pour affronter les mers du Grand Sud ! Voilà les pionniers qui ont su se mesurer à l'inconnu, innover, ne pas se couler dans le moule, aller contre les idées reçues !

Francis Chichester, l'année dernière, avait d'autres moyens : argent, sponsors, médias. C'est peut-être pour cela que je l'admire moins. Quand il est rentré de sa circumnavigation avec un seul arrêt en Australie, l'idolâtrie s'est emparée de l'Angleterre : les quais noirs d'une foule enthousiaste, les émissions spéciales et l'anoblissement par la reine avec l'épée même de Sir Francis Drake. Il a bien navigué, mais tout cela sentait l'excès.

Le coup suivant apparaissait clair : faire la même chose, mais sans aucune escale.

Boucler la boucle, affronter le plus long des parcours et le plus profond des isolements ! C'est cela que retiendrait l'histoire.

Était-ce possible ? J'ai étudié en détail les déboires de *Gipsy Moth IV*[1]. Il était évident qu'il n'aurait pu éviter un arrêt, autant pour retaper le bateau que le bonhomme. Faire naviguer un voilier pendant plus de neuf mois, dont la moitié dans les quarantièmes rugissants, paraît déraisonnable. Mais le pire est la résistance humaine, vivre isolé, si longtemps, la peur au ventre.

Comme souvent, une bonne idée naît dans plusieurs têtes en même temps parce qu'elle est mûre. Six mois après le retour de Chichester, quatre marins se préparaient plus ou moins ouvertement à ce défi ultime : trois Anglais et un Français. Cela me serait passé inaperçu si le

---

1. *Gipsy Moth IV* est le bateau avec lequel Francis Chichester effectua son tour du monde en 1966-67. Le premier à ne faire qu'une seule escale en passant par les trois caps, c'est-à-dire par les quarantièmes rugissants.

Sunday Times, qui avait flairé l'intérêt du public, n'avait décidé d'organiser une course. Une épreuve assez particulière, qui ménage les susceptibilités des quatre individualistes dont aucun ne voulait modifier ses projets. Le règlement stipule que tout voilier partant entre le 1er juin et le 31 octobre 1968, d'un port au nord du 40e parallèle, est admis automatiquement. Pour conserver une certaine équité, puisque tout le monde ne s'élance pas à la même date, le journal a prévu deux prix : l'un au premier qui reviendra et le second au plus rapide. Tout le monde rêve de cumuler les deux. L'enjeu n'est pas mince : 5 000 livres sterling à chaque fois ; le prix d'un petite maison !

Cet argent m'intéresse. Il sera bienvenu pour « Sailahead Ltd » dont le développement patine actuellement. Mais c'est surtout l'idée qui m'a retenu. J'ai toujours pensé que la plaisance n'est pas un sport futile, mais un laboratoire. Elle n'est pas encombrée de ratios industriels, de seuils de rentabilité, des concepts neufs peuvent s'y épanouir. Je me sens intimement concerné par ce défi. Je crois n'être pas trop mauvais marin. Des centaines d'heures dans la Manche, quelques allers-retours en Espagne et une livraison de yacht aux USA m'ont donné une solide expérience. Mais je suis le seul à pouvoir apporter en amont une expertise et des idées en matière d'électronique qui pourront faire la différence. Je ne suis pas non plus insensible à l'aventure et celle-ci se présente avec un A majuscule. Une vie réussie se doit d'explorer toutes les opportunités et les atouts que l'hérédité et la société nous concèdent au départ. Voilà une carte inattendue qui pourra changer ma donne actuelle dans laquelle, je l'avoue, je m'ennuie un peu.

Aujourd'hui, 31 octobre 1968, je pars le dernier et nous sommes neuf en course. Quand j'analyse la concurrence, je n'ai pas à rougir. Je suis même un peu déçu que cette communauté de pionniers compte tant de farfelus.

L'adversaire le plus coriace est sûrement Moitessier. Le Français a un solide ketch en acier et une bonne expérience des mers du Sud. Il a défrayé la chronique en rentrant avec sa femme depuis Tahiti par les quarantièmes. C'est un instinctif, un rêveur, mais on sent chez lui la cohérence d'un homme heureux en mer. Il n'est qu'à voir son long corps d'échassier se couler en douceur sur le pont. C'est aussi un bon technicien et le seul qui sait vers quoi nous allons. Il est parti il y a près de deux mois, mais avec un multicoque je serai quand même beaucoup plus léger, donc plus rapide.

Il faut évoquer son copain Loïc Fougeron, taillé du même bois, bien que pâle réplique. Même longue dégaine, en plus athlétique, sûrement bon marin, mais moins astucieux et moins déterminé. Il court sur le même genre de coffre-fort en acier.

Il y a ensuite l'énigme Bill King. Voilà un fermier irlandais (il en a bien la tête avec ses grosses pognes, sa couronne de cheveux blancs et son éternel veston en tergal), ancien sous-marinier, dont la seule heure de gloire est d'avoir été le premier homme catapulté en avion du pont d'un navire ! Son expérience se limite à quelques navigations de plaisance, mais il a pourtant conçu un engin remarquablement innovant : une coque en forme d'œuf pour résister à la mer, un gréement de jonque pour manœuvrer facilement. Reste à ce que lui-même soit à la hauteur. J'ai une théorie : un voilier doit ressembler à son skipper. Il faut un couple harmonieux. Un marin rustique ne fera pas son affaire d'un bateau sophistiqué et réciproquement, et là, je sens une dissonance. Je le garderai à l'œil mais sans plus.

Le dernier qui me paraît sérieux c'est Nigel Tetley, le seul à avoir, comme moi, un trimaran, bien qu'il soit de conception plus classique. Officier de marine à la retraite, il navigue en famille sur ce bateau depuis quelques années. C'est justement ce qui me fait dire qu'il est trop dilettante et qu'il aura du mal à convertir cet aimable passe-temps en sport de compétition.

Que dire des autres ? Que cherchent-ils dans cette affaire ? L'aventure intérieure ? Le statut de héros ? Pêle-mêle, deux anciens des commandos de marine, dont l'expérience se résume à avoir traversé ensemble l'Atlantique à la rame et qui s'opposent maintenant : Chay Blyth et John Ridgway. Ce sont sûrement des durs, mais leurs voiliers de croisière améliorés ne sont capables d'aucune performance. Robin Knox-Johnston, également officier de marine expérimenté, aurait pu être un concurrent redoutable, mais faute d'argent il court sur son vieux *Suahili*, coque de noix de moins de 10 mètres, que je suis même étonné qu'on ait autorisé à concourir. Il est parti le premier, il y a près de quatre mois, à une allure d'escargot en rapport avec sa taille. Quant à Carozzo, l'Italien, il a beau être régatier sur son grand monocoque neuf de 20 mètres, il est encore moins prêt que moi. Et puis, un Italien ! Est-ce crédible ?

Cette revue de détail m'est plutôt favorable, mais elle ne me laisse pas complètement satisfait. Il aurait été plus confortable de partir avec un avantage déjà décisif. Deux ou trois mois supplémentaires auraient été bienvenus pour valider mes innovations et je n'ai pas eu le temps de fignoler mon bateau. La liste des choses inachevées m'a poursuivi une partie de la nuit.

Il n'y a pas que les soucis de la préparation qui m'ont empêché de dormir. Depuis hier, je n'arrête pas de penser que c'est mon dernier dîner à table, la dernière fois que j'enfile mon pyjama, la dernière fois que je me brosse les dents devant le miroir. Quand cela m'arrivera à nouveau, il se sera passé tant de choses entre les deux ; des choses inimaginables, exaltantes, sûrement éprouvantes. Je suis dans la position du parachutiste pour son premier saut, assis dans la carlingue, les jambes dans le vide. Sauf que le parachutiste est seul avec son instructeur qui en a vu d'autres, alors que moi, je dois faire bonne figure à des centaines de gens à commencer par ma propre famille.

Je prends conscience qu'Alice et moi sommes couchés côte à côte, comme deux gisants. Je sens son petit corps de souris crispé dans les draps et je n'entends pas sa respiration, elle qui d'ordinaire nasille légèrement. Elle doit retenir son souffle pour ne pas perturber ces ultimes instants de paix. Elle attend que je l'enlace pour la dernière fois avant tant de mois. Je sais qu'elle sait que je ne dors pas. Mais je ne peux plus aller vers elle. Je me sens loin. Le contact d'un corps me serait étrange, étranger. J'aurais voulu lui offrir une dernière intimité, au moins pour la remercier de m'avoir accompagné jusqu'à l'orée de ce chemin. J'ai dû trop attendre, maintenant je ne peux plus. Cette nuit, sans m'en rendre compte, je suis déjà parti, je suis entré en solitude. Est-ce l'idée de la séparation ? L'impression de l'abandonner ? Imaginer lui faire l'amour maintenant me donne envie de pleurer. Je m'en veux de ne pas pouvoir faire ce geste. Sans ses encouragements discrets mais incessants aurais-je eu le courage d'aller jusqu'au bout ? Elle a toujours eu plus foi en moi que moi-même. J'avoue avoir peur de voir son visage. Ses efforts pour paraître joyeuse me cassent le moral.

J'ai la tentation de déchirer la lettre que je lui ai laissée au cas où je disparaîtrais. Je l'ai écrite dans un moment un peu dépressif et j'aurais peut-être mieux fait de lui avouer directement ce qu'elle contient. Je compte surtout qu'elle n'ait jamais à l'ouvrir, je la ferai disparaître à mon retour et tout rentrera dans l'ordre.

J'essaye de me concentrer sur le silence, mon dernier silence avant la rumeur permanente de l'océan. J'en prends soudain une conscience aiguë. Je le savoure et il m'impressionne à la fois.

La maison s'est réveillée tôt. Notre chambre au rez-de-chaussée est la plus petite pièce, une sorte d'alcôve améliorée par une grande armoire, deux tablettes de nuit et deux chaises où Alice voudrait que je mette mes vêtements le soir. D'ordinaire cette exiguïté n'est pas gênante car nous gardons la porte ouverte sur le salon. Mais depuis que Tom et Craig y campent, il faut fermer et attendre qu'ils replient leurs lits de camp et partent pour avoir un peu de privauté matinale. Aujourd'hui, j'ai encore moins envie que d'habitude qu'ils me voient au saut du lit. J'ai l'impression qu'ils vont me regarder comme un extraterrestre et que je ne saurai pas quelle contenance adopter. Enfin, je les entends sortir pour aller trier ce qui s'amoncelle encore dans le container. Les enfants, qui normalement dégringolent du premier étage en piaillant, chuchotent dans la cuisine, comme si j'étais un malade qu'il ne faut pas déranger. Eva a dû prendre les choses en main et j'entends le claquement des couverts sur la table, le bruit de la poêle et la canalisation d'eau chaude qui cavite bruyamment. L'odeur sucrée des saucisses et des beans finit pas s'insinuer. Je dissèque chacun de ces petits riens, je voudrais les fixer à tout jamais dans ma mémoire. Je suis sûr qu'ils me seront utiles, là où je vais, pour garder le moral. Ce n'est pas de la paresse, mais je resterais bien encore des heures à l'écoute de cette routine rassurante du matin. Lorsque j'avais des examens à passer, je rêvais toujours d'un imprévu, une indisposition, une erreur administrative qui m'aurait évité l'épreuve. C'est une disposition largement répandue, je suppose, mais elle ne peut en aucun cas s'appliquer maintenant. Aujourd'hui, c'est moi qui ai provoqué ce combat, il repose sur MOI seul et engage MA vie.

Tout le monde m'attend.

Ce soir, il s'est passé quelque chose de plutôt bizarre. Quand nous dînons tôt, les parents nous laissent un peu jouer. J'aime bien ce moment où nous sommes tous ensemble au salon. Papa lit une revue ou un journal, il commente à voix haute.

Ce soir, il a poussé un cri étouffé, comme si on lui avait mis un coup à l'estomac.

— Ecoutez ça ! Le *Sunday Times* organise une course à la voile, en solitaire autour du monde sans escale ! En fait c'est plutôt un record. Tu prends le bateau que tu veux et tu pars entre le 1er juin et le 31 octobre, celui qui met le moins de temps a gagné. Ils disent qu'ils ont déjà quatre inscrits et qu'il y aura Moitessier, le Français !

Ensuite il s'est tu, et ce n'était pas normal.

Maman a levé la tête de son repassage, tout doucement. Elle n'a pas regardé papa, elle nous a d'abord regardés nous, les enfants, avec un air inquiet.

Il arrive souvent que papa, inspiré par ses lectures, parle de pays où nous irons et des choses que nous ferons. Il déroule une histoire comme si tout était parfaitement prévu et organisé. Certaines fois on ne peut plus l'arrêter : on va monter un cirque, mamie Té sera à la caisse, maman trapéziste et lui domptera les lions, il sait déjà où trouver le chapiteau et les caravanes. Une autre fois on partira cultiver la terre aux Marquises, parce que le terrain n'y est pas cher. Il raconte demain qui sera un autre jour, pas monotone comme au collège. La vraie vie.

Mais là il n'a rien dit, il a juste un peu penché la tête. Il fait cela quand il se concentre. Ses yeux étaient bizarres, ils fixaient la carpette comme si elle était très loin...

Maman a pris tout de suite sa voix dure, celle qu'elle a quand elle est en colère et qu'elle ne veut pas le montrer :

— Eh bien ! Il y en a qui ne savent pas quoi inventer ! Je sais bien que maintenant on veut aller dans la lune, mais là, c'est vraiment le genre de choses qui ne servent à rien.

— A rien sans doute ! Mais tu vois je crois que celui qui voudrait gagner devrait construire un multicoque, du genre de ceux que dessine Sylvinas, mais adapté à de la grosse mer d'arrière. Il serait temps que la plaisance se modernise une bonne fois, un multicoque autour du monde en solo, ça secouerait le cocotier.

Ce qui m'a étonnée c'est qu'après, ils se sont longuement tus, tous les deux. Maman s'est remise à s'appliquer sur les smocks de mon chemisier. Je pensais que papa allait se lancer à raconter qu'on allait tous faire le tour du monde en bateau et qu'on irait dans les îles du Pacifique. Mais il gardait le journal à la main sans le lire et regardait toujours le tapis en souriant dans le vide. Ils avaient l'air de deux étrangers. Finalement, il s'est levé et l'a enserrée par-derrière en lui immobilisant les bras et l'a embrassée dans le cou. Ils se font souvent des bisous, mais là ça a duré et j'ai eu peur que mon chemisier brûle. Maman nous a envoyés coucher plus tôt que d'habitude, je me suis demandé ce qu'ils mijotaient.

Beaucoup de choses ont changé. Papa s'est mis à travailler tard le soir. Normalement, trois fois par semaine, en sortant de l'école nous allons dans son atelier attendre que maman ait fini son travail à la bibliothèque. C'est un hangar froid attenant à la maison. A l'entrée il y a trois tables qui font un coin bureau, ensuite un très long établi donnant sur des fenêtres poussiéreuses et le fond est tapissé d'étagères débordant de pièces. Quand on arrive il est penché, une grosse lampe fixée sur le front, en train d'ouvrir un boîtier électronique plein de fils de couleur. Il s'arrête, nous embrasse et nous emmène au bureau pour faire nos devoirs. Quand tout est coché sur le cahier de textes, nous dessinons ensemble. Le jeu consiste à prendre n'importe quel objet de son atelier et à en faire le départ du dessin. Par exemple je reproduis sa loupe, lui la transforme en filet à papillons, j'ajoute les arbres, lui des petits nègres, moi le ciel, lui un savant qui manie l'épuisette. Il est vraiment bon pour représenter une chose en quelques traits de crayons.

Maintenant il est toujours au téléphone et il y a tellement de papiers amoncelés sur les trois tables qu'on va s'asseoir par terre. Il nous envoie des baisers du bout des doigts mais continue à parler. Je fais semblant de travailler, mais en fait je l'écoute. J'avais raison, il se prépare quelque chose qui a l'air de l'exciter.

— J'ai eu vos croquis, Sylvinas, vous ne mettriez pas encore un peu plus de volume sur l'avant des coques, surtout des flotteurs ? Si le bateau engage dans une vague, il lui faudra beaucoup d'appui pour éviter de sancir [1]. Je voulais vous dire aussi que j'ai reçu trois devis de construction et qu'ils se moquent du monde. 4 000 livres pour les coques c'est insensé ! Vous connaissez les gens du chantier Plymouth Marine, je crois. Ils feraient du bon boulot, j'en suis sûr, mais vous ne pourriez pas leur parler à propos du prix ? Vous voyez, un constructeur aurait tout intérêt à nous rejoindre dans cette affaire. La publicité à la sortie sera énorme. Ils auront de quoi prendre leur retraite !

Il éclate de son rire habituel, celui avec lequel il met les gens dans sa poche. Il est encore plus joyeux que d'habitude, avec les yeux qui brillent comme quand on jouait sur le tapis, même s'il n'a plus le temps de jouer.

Le soir, les parents ne parlent que d'argent pendant les repas avec toujours les mêmes arguments :

C'est une folie d'abandonner « Sailahead Ltd » quand les affaires ne vont pas si bien que cela.

Au contraire, un tour du monde en solitaire va faire parler de la société, de ses inventions et doper les ventes.

---

1. Sancir : se dit d'un bateau qui se retourne en passant cul par-dessus tête.

Maman n'aura pas assez de son salaire à mi-temps à la bibliothèque pour nous faire vivre et nous n'avons pas d'argent pour construire un bateau.

Mais on trouvera des sponsors, comme Chichester, ou alors papa s'arrangera avec Roger et Charles pour qu'ils nous aident.

Ces discussions sont ennuyeuses et maman est toujours en colère à la fin. Après dîner, il repart à l'atelier et reste si tard que je n'entends pas la porte d'entrée grincer. Il dit :

— Je vais travailler, je crois que je tiens le bon bout pour l'ordinateur de bord.

Il m'a expliqué que c'est une machine qui va enregistrer tout ce qui se passe sur le bateau, dans les voiles, la coque, mais aussi le vent et les vagues. Comme cela, si quelque chose va de travers, l'ordinateur se mettra à sonner et pourra même faire changer la route du bateau ou le réglage des voiles automatiquement. Ça sera très pratique pour celui qui naviguera seul.

J'avais bien compris qu'il était en train de faire construire un bateau révolutionnaire pour que quelqu'un fasse cette fameuse course autour du monde en solitaire. Mais au début, je n'avais pas complètement réalisé que c'est lui qui allait partir.

Je n'aime pas les dimanches soir. Quand il commence à faire sombre, j'ai déjà l'impression que ma soirée est gâchée par l'école qui recommence demain. Ce qui me remonte le moral, c'est le dîner. Nous mangeons les restes du week-end, toujours accompagnés d'un gros chocolat chaud et parfois de fromage de Chester sur des crackers. Maintenant c'est moi qui sais mélanger exactement la poudre de cacao et le sucre, d'abord avec un tout petit peu de lait froid en le faisant mousser, puis en versant le reste très doucement pour que ça se fonde bien. C'est délicieux. En général c'est le moment où papa raconte les histoires qu'il invente de ce que nous allons faire avec toute la famille. Là, il est arrivé avec son caban boutonné jusqu'en haut, ses bottes, son pantalon de ciré jaune et le suroît qui descend bien dans le cou et protège la tête même quand il y a des trombes d'eau. J'ai cru que c'était encore un déguisement, mais il a fait un grand geste pour nous dire de nous taire.

— Attention, attention ! Mes enfants, mes chéris, en quoi suis-je habillé ? En marin ! Et pourquoi ? Parce que j'ai une grande nouvelle : Je vais partir faire un tour du monde en bateau tout seul !

Il a sorti l'atlas pour nous montrer le parcours et s'est mis à dessiner un trimaran sur la buée de la vitre de la cuisine.

— Ça n'a jamais été fait, c'est une grande aventure, une course. Mon voilier sera très rapide et, avec l'ordinateur que je suis en train d'inventer, j'ai toutes les chances de la gagner.

Je trouvais cela formidable, même maman avait l'air d'être d'accord finalement. Il avait dû la convaincre.

Ce soir on est restés tous serrés sur le divan. Il parlait des grosses vagues des « quarantièmes rugissants ». Le vent et la pluie de printemps tapaient au carreau. Il racontait tout comme s'il était déjà revenu.

Chris a demandé comment s'appellerait le bateau.

— *Sailahead* bien sûr ! Comme cela, il y aura beaucoup de publicité et les affaires marcheront si bien quand il reviendra, qu'on pourra tous partir en vacances, aller naviguer jusque dans le Pacifique, si on veut.

Cette nuit j'ai rêvé d'un immense trimaran et papa paraissait tout petit, si petit dessus. Il levait les yeux pour nous regarder, comme si nous étions dans le ciel. Je voyais une énorme vague arriver derrière, elle bouillonnait d'écume sur plusieurs mètres, plus haute que le mât. Je criais pour l'avertir, mais comme il lui tournait le dos, il croyait que je l'appelais et me répondait d'un signe de la main dérisoire. Je me suis réveillée, je pleurais.

Cela fait huit mois que c'est la folie, à la maison. Un tourbillon s'est emparé de la famille, comme l'eau qui tourne de plus en plus vite quand on vide l'évier. Papa part souvent plusieurs jours de suite car le chantier de construction est loin, près de Plymouth. Des fois il en revient tout content, mais d'autres fois il n'est pas à prendre avec des pincettes. Il dit qu'on ne veut pas faire les travaux correctement, qu'on gâche ses idées et que tout le monde se méfie de ses innovations, celles qui vont le faire gagner. Maintenant c'est maman qui lui remonte le moral. Elle fait les dossiers pour les sponsors. On les envoie à des entreprises qui n'ont rien à voir avec les bateaux, comme des banques, des fabricants de produits alimentaires, et même de voitures. Là, je peux être utile. Sur chaque couverture, il y a une photo de papa quand il a traversé l'Atlantique avec ses amis. Il est à la barre avec un joli sourire. Je dois coller chaque photo bien droite sur le carton. A l'intérieur, une page est consacrée à un dessin du bateau. Pour rendre les choses plus réalistes, il faut écrire avec des autocollants

Letraset le nom du futur sponsor sur la coque : « Sailahead-Observer » ; « Sailahead-Austin » ; « Sailahead-Harolds ». J'ai toujours été minutieuse, c'est mon travail.

Petit à petit, je me sens différente de mes amies. Je suis dans le secret, dans une chose de la vraie vie. En classe, je pense toute la journée à ces gens dans de grands bureaux qui ouvrent le dossier, poussent des exclamations et empoignent leurs téléphones.

Malheureusement nous recevons plutôt des réponses polies mais négatives par courrier et souvent pas de réponse du tout.

Cet été, nous ne sommes pas partis en vacances. Il faut économiser et papa était tout le temps à Plymouth. En septembre, les associés de papa sont venus souvent à la maison. Il n'y avait plus assez d'argent pour finir le bateau. Roger et Charles me font rire, on dirait Laurel et Hardy. Roger est gros comme une barrique et tout chauve et Charles est très grand et maigre. Ils n'ont pas toujours été d'accord avec papa et ils se sont souvent disputés à propos de Sailahead qui paraît-il perd de l'argent, mais là, ils sont super enthousiastes pour le tour du monde. Ils disent que s'ils avaient eu quinze ans de moins c'est eux qui l'auraient fait. Mais je ne les crois pas. Ils sont plutôt plan-plan tous les deux. En tout cas ils ont dit qu'il ne fallait surtout pas s'arrêter maintenant, qu'on ne peut plus reculer. Ils vont avancer de l'argent et on leur remboursera quand la course sera gagnée. C'est facile, il suffit de leur donner une hypothèque sur la maison.

— Pour que ça soit réglo, a dit Charles.

Mais ça n'avait pas l'air si réglo que cela, parce qu'ils se sont à nouveau disputés et maman s'est remise à faire la tête comme elle le faisait au début.

Le bateau est arrivé à la rentrée des classes, en camion parce qu'il n'était pas tout à fait fini. Il est au sec, sur le terrain du club de voile d'Eastney, qui est gratuit. C'est un endroit que j'aime beaucoup. C'est la même plage qui court devant Portsmouth, mais quand elle prend le tournant à l'embouchure de Langstone, ça devient très sauvage. Il ne reste que la dune avec les rangées de dériveurs d'un côté et de l'autre la baie et les roseaux. A marée basse, il y a des kilomètres de vase et plein d'oiseaux aux pattes très fines et à marée haute c'est comme une mer intérieure, parfaite pour les voiliers. Nous rejoignons papa les samedis après-midi et les dimanches. Chris et Alex jouent ou pêchent des coques et des palourdes et moi j'aide les parents.

L'avantage d'un multicoque c'est qu'il n'y a pas de quille, donc il est posé simplement sur le sable. Du coup, tous ceux qui font du dériveur, surtout des étudiants, nous voient et passent discuter. Papa leur fait visiter le bateau et leur explique tout et après il râle parce qu'il a perdu du temps. Moi, ce bateau, je ne l'ai pas trouvé beau. Les trois coques réunies entre elles forment un seul grand pont large. Les gens qui se moquent disent « le court de tennis ». Au milieu, il y a une cabine toute carrée et un cockpit qui ressemble à une bassine. Deux mâts font un embrouillamini de haubans. Ça ne ressemble pas à un voilier classique qui est fin pour fendre la houle. Papa m'a expliqué qu'au contraire celui-là allait voler au-dessus des vagues. Le multicoque est une nouvelle idée qui lui permet d'aller presque deux fois plus vite qu'un bateau ordinaire. Il a calculé qu'il pourrait parcourir 400 kilomètres par jour, et donc faire le tour du monde en moins de cinq mois.

A la maison, la vie est devenue très amusante. Presque tous les jours il arrive des caisses de matériel et de nourriture, c'est Noël permanent. L'atelier s'emplit d'objets : pièces d'inox tarabiscotées, cordages de toutes les couleurs, poulies, tuyaux, winchs. Je pourrais jouer des heures à la marchande. Mais avec Alex et Chris nous travaillons sur les conserves. Les garçons décollent les étiquettes et lavent les boîtes, maman et moi on inscrit un code au feutre pour les repérer, puis on les vernit pour qu'elles ne rouillent pas. Il ne faut garder aucun emballage en papier ou carton qui risquent de se mouiller, se ramollir, et peuvent boucher les pompes d'assèchement.

Maintenant, Tom et Craig, qui viennent du chantier de Plymouth, aident papa à finir le bateau. Ils habitent avec nous et dorment dans le salon. Il y a aussi souvent Richard. Papa l'appelle son agent, comme les stars de cinéma. Il doit trouver de l'argent et des équipements gratuits. Mais il n'a pas beaucoup de chance. Il dit que la conjoncture n'est pas favorable, la course et papa trop peu connus. Il est quand même content d'avoir signé un contrat avec le *Daily Telegraph* pour des articles qui seront dictés par radio pendant la course et un éditeur publiera le journal de bord de papa à son retour. On a aussi reçu 80 tubes de ketchup, 6 paires de bottes, des petites chaufferettes comme celles que les chasseurs se mettent dans les poches, une caisse de poulies qui ont des petits défauts d'aspect mais marchent parfaitement et 3 paires de lunettes de soleil qui ont d'ailleurs été oubliées à la maison quand papa est parti.

L'autre métier de Richard, c'est de faire publier des articles dans les journaux. Il faut souvent des photos avec nous, les enfants. Richard dit que celui qui quitte sa famille pour une telle aventure c'est « un bon angle ». Un jour la BBC est même venue à la maison. Ils voulaient nous filmer en train de préparer les boîtes de conserve avec Alex et Chris, mais comme on avait déjà fini, il a fallu aller chercher des boîtes à la cuisine pour faire semblant. J'avais soutiré en douce un peu de maquillage à maman, un tout petit peu, pour cacher mes taches de rousseur qui sont affreuses.

Plus on parle de papa dans la presse, plus il y a des personnes qui viennent spontanément nous aider. Quand j'arrive au bateau, je trouve toujours deux ou trois nouveaux, qui scient, peignent, rangent des choses dans des caisses, mais parfois ils ne savent pas bien faire et cela énerve encore plus papa.

Il a tellement de soucis avec l'argent, les commandes qui n'arrivent pas, les choses qui ont été mal faites, qu'il ne rit plus beaucoup.

C'est le dernier soir avec papa. Nous avons eu le droit d'aller au restaurant avec les grands, dans la vieille ville au *Spice Island Inn* qui est l'un des meilleurs endroits de Portsmouth. Tout le monde était là comme pour un anniversaire : Roger et Charles qui invitaient, Richard, Craig et Tom et maman bien sûr qui avait encore de la peinture dans les cheveux. De la salle du premier étage, on voyait le soleil se coucher, tout orange sur le Solent, on aurait dit qu'il y avait une fête pour son départ. Nous avons très bien mangé : soupe aux asperges, tourte à la viande et crème à la vanille avec des financiers. Au dessert, il y avait un couple à une table à côté qui est venu demander un autographe à papa. Il était redevenu joyeux et faisait plein de plaisanteries sur la longueur de sa barbe à l'arrivée et les premiers mots qu'il dirait. En fait, il avait seulement l'air joyeux, je crois, pour que nous n'ayons pas de peine de son départ. Une ou deux fois j'ai surpris un drôle de regard, qui ressemblait à celui qu'il avait quand il regardait les yeux de la mer.

Aujourd'hui, il est parti.

Journal de Peter March

J'ai lutté comme jamais dans ma vie pour en arriver là. Je n'avais pas imaginé la somme de bêtise, d'incompétence et de malveillance qui se dresseraient contre moi. Je me sens usé d'avoir bataillé contre les sceptiques et les jaloux, ceux qui n'ont jamais rien osé et que mon défi renvoie à leurs existences minables. Je vois encore ces richards du Royal Naval Club, accoudés au bar, glosant sur mon manque d'entraînement ou sur mon choix d'un multicoque pour affronter le Grand Sud. Je les entends radoter sur la folie d'une coque en plastique dans les glaces, l'ineptie d'un airbag en tête de mât pour éviter de chavirer.

Qu'est-ce qu'ils y connaissent en Grand Sud, en chavirage et en glaces, ceux qui se contentent de régater dans le Solent ?

J'ai raison. La course le prouvera et les railleurs d'hier voleront au secours de la victoire. Je suis le seul concurrent résolument moderne. J'ai presque pitié à voir s'élancer des voiliers de croisière à peine améliorés. Un tel défi mérite mieux. Ce n'est pas seulement la dernière grande aventure humaine, c'est aussi la possibilité d'ouvrir à l'intelligence et à la technique des champs totalement nouveaux. Je ne serai pas un stupide tourneur de manivelle de winch, attendant, recroquevillé dans sa couchette, que passe un mauvais temps qu'il n'a pas vu venir et auquel il ne comprend rien. Pour gagner, il faut pouvoir prévoir, organiser, choisir et donc développer des outils d'analyse, aller au-delà du réglage des voiles.

C'était une vraie gageure de construire un bateau neuf. Tous les autres partaient soit sur une unité ancienne, soit avaient démarré leur projet bien avant l'annonce du *Sunday Times*. Il fallait faire vite et bien !

Sylvinas a été magnifique. A nous deux nous avons dessiné un multicoque révolutionnaire, solide et bourré d'innovations. A chaque séance de travail, il nous venait d'autres idées et c'était merveilleux de sentir cette complicité intellectuelle. S'il n'y avait pas eu de questions d'argent et de délais, nous serions allés encore plus loin.

Nous sommes vite tombés d'accord sur la

taille. Un ketch de 13 mètres est à la fois manœuvrable par un homme seul et assez grand pour affronter la houle des mers du Sud. Il a déjà dessiné des trimarans de croisière, mais j'ai dû le forcer un peu pour envisager le concept sur un tel parcours, car, bien sûr, ce type de bateau s'il chavire ne peut pas se redresser. Tourner cette difficulté a été très excitant. Grâce à un airbag, à de nombreux compartiments étanches et à un astucieux système de pompage, *Sailahead* est le seul trimaran qui soit capable d'être remis à l'endroit. Dommage, encore, que nous ayons manqué de temps pour déposer des brevets. Nous avons aussi beaucoup travaillé pour que la liaison entre les coques soit indestructible grâce à des poutres de polyester. Quant au gréement, il s'attache par des ceintures en inox qui font le tour des coques. On ne fera pas plus solide.

Nous avions pris l'habitude de phosphorer tout le week-end chez lui, à Southampton. L'un entraînant l'autre, il arrivait souvent que le dimanche soir, au milieu des tasses de café et des sandwichs entamés, nous avions dessiné mille solutions pour quelque chose sans faire de choix final. Le lundi, le chantier téléphonait furieux :

— Alors, vous n'avez toujours pas envoyé les

plans de réalisation pour cette semaine ! Qu'est-ce qu'on leur fait faire aux gars, ils ne vont pas se tourner les pouces ! Vous voulez vraiment mettre à l'eau cet été ?

Il fallait alors avouer que, non seulement ce n'était pas prêt, mais qu'ils devaient en plus refaire quelques parties terminées, car nous avions trouvé mieux.

Un mois ou deux de plus auraient évité la précipitation. J'en ai fait la demande au comité de course, sachant que, de toute façon, je ne concourrais plus, vu ma date de départ, pour le prix du premier revenu, mais seulement du plus rapide. Ils auraient eu tout intérêt, d'un point de vue médiatique, à permettre à un bateau de réaliser un temps exceptionnel. Mais je les soupçonne de ne pas m'aimer. On m'a dit qu'ils n'appréciaient pas la façon dont je me moquais de la concurrence. Auraient-ils déjà des favoris ? Chichester est devenu leur conseiller numéro un. Je ne l'ai rencontré qu'une fois, quand il a été chargé par le *Sunday Times* de faire la tournée des concurrents pour une sorte d'expertise, et nos rapports ont tout de suite été tendus. Cela m'arrive rarement. D'habitude, je crois qu'on m'aime bien. Mais ce petit type avec son menton en galoche n'a pas un poil d'humour. Il est pontifiant et tient tout ce qui s'écarte un tant soit peu des choix techniques qu'il avait faits sur son *Gipsy Moth IV* pour de l'aventurisme. J'ai renoncé à le convaincre. Je vois sa patte dans le ton mi-paternaliste, mi-dédaigneux du comité. Il n'a peut-être pas envie d'être battu à trop plate couture. En tout cas leur refus a été formulé de manière quasiment humiliante et j'ai failli me retirer de la compétition.

Ces huit mois ont été exaltants et épuisants : les calculs mille fois refaits ; les nuits au volant pour ne perdre aucune minute ; les quelques heures de sommeil grappillées à l'aube sur la banquette (un bon entraînement !) ; les discussions à n'en plus finir avec Stew, le patron du chantier, quand nous transformions la nappe en papier du restaurant en table à dessin. Je n'ai jamais eu autant le sentiment que ma vie était pleine comme un œuf. J'ai savouré ce bonheur de la création. J'ai aimé le chantier, vaste espace imprégné de l'odeur sucrée de la résine et piquante du bois tranché. J'ai goûté cette impression de désordre, fûts, outils, madriers, poussière, couinement des ponceuses, rien de noble, rien de grandiose dans le clair-obscur d'un hangar de tôle. Mais de ce rien naît un jour, subrepticement, une forme. Un matin on démoule une coque, grand ventre lisse et blanc.

Je me souviens de m'être assis en son centre, les mains posées sur le bordé froid, pour sceller avec ce nouveau-né comme un pacte de victoire. J'étais ému.

Dans un premier temps, l'urgence était stimulante, elle a fini par être pesante. Les trois dernières semaines, les ouvriers restaient jusqu'à 22 heures et travaillaient le week-end. Les peintres et les électriciens venaient la nuit pour éviter la poussière. Bref c'était une ruche permanente et la femme de Stew apportait le café à toute heure. Même Sylvinas a enfilé le bleu de travail. Pendant que la grue mettait le bateau à l'eau nous étions à l'intérieur en train de finir une stratification oubliée. Stew a été efficace, il fait de la régate à ses heures perdues et il a été enthousiasmé par le challenge technique. Sans lui, nous en serions encore loin, même si ce cabochard d'Ecossais n'en a fait qu'à sa tête quand les instructions tardaient trop. J'espère ne pas avoir de mauvaises surprises. Nous étions tellement épuisés, l'un et l'autre, à la fin, que nous avons failli en venir aux mains quand il m'a dit que je n'aurais qu'à câbler l'ordinateur en mer et que « cela m'occuperait ! », parce qu'il n'avait plus le temps et que c'était cela ou poser les gouvernails !

Il n'y a eu que quelques jours pour faire les

essais. Septembre a été un mois exécrable et, comme un fait exprès, avec du vent d'est. Nous sommes partis avec Stew et Roger. Les trois premiers jours, dans des grains de pluie et des rafales dans le nez, nous ne progressions que lentement, voiles arrisées. Les mouvements d'un trimaran qui serre le vent sont nettement plus brutaux que je ne m'y attendais et aucun de nous n'échappait au mal de mer. Je nous revois tous les trois trempés dans le cockpit, nos cirés jaunes luisant dans la grisaille, la goutte au nez et les mains rougies, et Stew verdâtre me dire :

— Bon sang, Peter, tu es sûr que tu veux vraiment passer dix mois sur cette baille à te faire secouer la rate comme cela.

Le gros Roger se cramponnait à la barre, prétextant qu'il était moins malade ainsi, en bougonnant que « Dieu du ciel quelle idée lui avait pris, non seulement de financer un engin pareil mais en plus d'insister pour naviguer dessus ! Voit-on les sponsors de formule 1 s'asseoir dans le baquet ? ».

Il valait mieux prendre cela au comique.

— Alors, monsieur le constructeur, tu renies ton bébé ou tu es vexé d'être malade ? Tu sais, je ne mettrai pas la moitié de ce temps-là. Avec le vent de travers ou dans le dos, dans les mers du Sud, ça va filer, crois-moi ! Je te parie que tu n'auras pas le temps de construire un nouveau bateau que je serai déjà revenu ! Disons qu'en ce moment nous passons le test de solidité et je te fais remarquer que nous ne nous en tirons pas trop mal ! Heureusement pour toi d'ailleurs, sinon, je t'aurais tout fait refaire !

Je n'en menais quand même pas trop large. J'étais à peine moins nauséeux mais surtout frustré. J'attendais ces premiers bords comme un moment de jouissance et j'avais tant imaginé *Sailahead* fonçant dans la mer avec sa gerbe d'écume à l'étrave. Là, le bateau semblait mal à l'aise, tanguant violemment à chaque vague, avec pour conséquence de faire tomber la vitesse. Le seul moyen pour le relancer était de s'éloigner carrément du lit du vent et le cap devenait catastrophique. Sylvinas, qui a l'habitude de ce genre de bateau, a prévu une moyenne de 7,5 nœuds autour du monde et des pointes à 15, avec des vents portants, bien sûr. Certainement, nos efforts pour garantir la solidité ont engendré un excès de poids particulièrement préjudiciable à cette allure.

Heureusement une grosse brise d'ouest s'est enfin établie et nous avons été payés de nos peines. Le dernier jour, sous voilure pourtant toujours réduite, nous avons commencé à surfer sur la houle. En mer plus qu'ailleurs le physique et le moral marchent ensemble. Nous étions toujours aussi trempés, nos derniers vêtements de rechange étaient à tordre et la cabine elle-même ruisselait d'humidité, mais l'excitation avait pris le dessus. Les mouvements plus fluides du bateau et ces quelques jours d'accoutumance avaient aussi apaisé le mal de mer. Nous nous battions comme des gosses pour faire notre tour de barre et tenter de surpasser les autres en vitesse. Stew, avec 9,4 milles en une heure, a gagné le pari et donc un repas au restaurant.

Nous aurions dû ramener le bateau à Portsmouth, mais il a fallu s'interrompre à Weymouth et le charger sur un camion pour être à l'heure pour le baptême. Richard avait passé des journées à obtenir la présence du maire et la participation de Miss Hampshire comme marraine et serait devenu fou que nous soyons en retard. J'étais inquiet que cet imprévu coûte encore une jolie somme. Heureusement que Roger était devenu euphorique, il n'a pas barguigné pour régler la note.

Pour ce que nous avions pu tester, il y avait encore pas mal de détails qui clochaient. C'est le prix à payer quand on fait un prototype.

Nous sommes revenus avec une liste conséquente de modifications et j'ai cru que Stew allait s'étrangler quand je lui ai demandé d'envoyer son équipe travailler directement à Portsmouth, car il n'y avait plus le temps de renvoyer le bateau au chantier. Il a été vraiment chic d'accepter.

A partir de ce moment, mon rythme de vie a été encore pire, je ne croyais pas cela possible. Je n'ai pas dormi plus de quatre heures par nuit au cours des six dernières semaines. Penser à tout ce qu'il faut pour entretenir une personne pendant près d'un an et équiper un bateau pour les mers les plus difficiles du monde est déjà une gageure. Mais il faut en même temps répondre à la presse, gérer une équipe de bénévoles de plus en plus nombreuse, trouver les derniers financements, contrôler les commandes et les erreurs, répondre à tout le monde sur la taille d'une poulie, le nombre de conserves de soupe, la position de la vanne d'assèchement et que sais-je encore. Ces derniers jours j'étais vraiment en état d'apesanteur, presque détaché de tout à force de m'être trop tracassé, regardant le bateau avaler un fatras invraisemblable d'équipements comme un boa, sans plus avoir la force d'intervenir. Je devais avoir l'air tellement abruti qu'Alice, ce n'est pas dans sa nature, m'a plusieurs fois demandé si j'allais bien et si j'étais toujours sûr de vouloir partir !

J'ai horreur des adieux. Ils évoquent pour moi la mort, la pensée que ceux que l'on serre dans ses bras vont s'évanouir comme par magie, disparaître dans le néant. C'est déjà stressant, mais en plus ça se passe en public. Je sens les regards sur moi, comme si les gens cherchaient à percer ce mystère de notre différence. Moi je pars, eux restent. Moi j'assume l'incertitude et l'aventure, eux acceptent de s'ennuyer dans leur routine. Je lis aussi sur leur visage l'écœurante gourmandise des renifleurs de cadavres. Combien pensent réellement que j'y arriverai ? Combien espèrent faire ensuite les malins en se vantant d'être les derniers à m'avoir vu vivant ! Finalement ces attentions, ces caméras braquées m'aident à conserver une certaine légèreté. Je me sens dans la peau d'un acteur. Je leur donne ce qu'ils attendent de moi. Il me vient spontanément les remarques, les attitudes, les plaisanteries que l'on peut attendre du héros partant pour le grand large.

Je ne sais plus quelle heure il est, ni même si tout est finalement à bord, mais je sens subitement au creux de mon ventre que c'est assez. Il faut partir, je n'en peux plus : déhaler le bateau du quai, sourire, envoyer des baisers, prendre la remorque, passer la jetée. Vite, vite, que ceux qui sont à bord s'en aillent, qu'ils regagnent la terre. Je ne veux plus jouer ce jeu. Je pars.

Le seul contact dont je me souvienne est celui des mains d'Alice sur mon visage, sa peau si fine, ses longs doigts aux articulations un peu protubérantes comme des pattes d'oiseau. Je les ai embrassées en lui promettant que j'abandonnerais plutôt que de prendre des risques exagérés. Alice, son petit visage ovale, sa blondeur, sa minceur ! Elle passe pour douce et faible, une sorte d'ange mélancolique. Je suis sûrement le seul, avec sa mère, à la savoir si forte, plus que moi peut-être. Elle est tendue, ramassée comme un soldat qui monte au front. Elle ne lâchera rien. Elle a toujours tenu bon. Nous nous sommes en quelque sorte réparti les tâches dans le couple. Moi j'avance, je défriche, elle assure, organise, soutient. Une fois qu'elle est convaincue, elle est incroyablement obstinée. Jamais nous ne nous serions seulement mariés, sans sa lutte pied à pied contre sa famille. Ce tour du monde est quand même la chose que j'ai eu le plus de mal à lui faire accepter. Est-ce déjà un signe de l'âge, elle se disait fatiguée de mes « fantaisies ». Pour la première fois j'ai eu peur que nous allions à la rupture, alors que je n'ai jamais autant eu besoin d'elle. Et puis, elle a bien vu que c'était devenu une nécessité quasi biologique pour moi, que, si je ne le faisais pas, je ne pourrais plus jamais me regarder dans la glace. L'enthousiasme qui montait autour du projet l'a aussi impressionnée. Elle me l'a dit. Depuis elle est passée à une forme de ferveur. Sans elle mille choses se seraient effondrées dans ces dernières semaines. Ce n'est qu'avant-hier qu'elle m'a parlé de risque et du fait que les enfants avaient besoin de leur père. Que lui dire ? C'est une évidence, d'ailleurs, pour gagner la condition première est d'arriver ! Mais les promesses de prudence sonnent toujours faux. Elle doit soudain s'apercevoir qu'elle devient impuissante et que tout repose désormais sur moi.

Ce départ n'est pas très glorieux. Le génois que je n'ai pas eu le loisir d'essayer est ridiculement trop long, il gondole sur l'étai comme un minable. Je le change pour un plus petit en vouant le voilier au diable. *Sailahead*, sous toilé, se dandine dans le clapot. Je me sens comme un musicien qui commence son concert sur une fausse note. Je guette la nuit qui va me défaire des vedettes accompagnatrices. Les nuages s'assombrissent trop lentement. Dans la dernière lueur, je distingue la silhouette d'Alice et les trois petites formes des enfants, immobiles, penchées sur le bastingage du remorqueur, semblables à des poupées alignées à contre-jour. Leur bateau fait demi-tour à grands coups de corne de brume et disparaît. La nuit tombe, enfin. La côte n'est que clignotements, lueurs et pinceaux de phares. Le monde des humains n'existe plus que par ses lumières : le grand halo de Portsmouth s'éloigne, à bâbord scintille Nab Tower et son chenal, à tribord l'île de Wight, ces balises qui plantent le décor intime du terrain de jeux de mon enfance. Au milieu de cette familiarité, je peine à me sentir en route pour cet immense inconnu. Lentement, *Sailahead* longe les petits amas lumineux : Ryde, Saint Helen, Bembridge. Les lampadaires des rues donnent aux villages l'aspect d'araignées dorées, où luisent les éclairs des voitures. Je pense à ceux qui se mettent au lit, ce soir comme tous les soirs. Aucun ne devine qu'un solitaire passe dans le noir, en route vers la plus formidable des aventures.

La pluie se met à tomber sans masquer les puissants éclats du phare de Sainte-Catherine. Une, deux, trois, quatre secondes de noir, un éclat : la ritournelle bienveillante, le langage nocturne des marins, celui qui leur donne leur repère sur l'astre sombre de la terre.

Journal de Peter March

Je me sens tout à la fois épuisé, excité, furieux, plein de tendresse et d'espérance, d'angoisse et d'ivresse. Je pars à la rencontre de mon rêve, de ma plus haute ambition. Je suis fier d'être là quand tant d'autres ne font que caresser projets et chimères. Je ne sais pas ce qui a fait la différence entre eux et moi. Peut-être le découvrirai-je en route. Pour l'instant, malgré l'eau qui s'infiltre dans le col du ciré, je suis le roi du monde. Seul.

Depuis le départ de papa, je traîne, je me sens pesante, engourdie. Après quelques jours, maman m'a parlé, m'a dit de ne pas m'inquiéter, que c'était la meilleure façon de l'aider. Mais je ne m'inquiète pas. Papa va gagner la course, il l'a dit et il a toujours tout réussi.

La première des choses qui a changé, c'est que je vais au collège à pied car maman prétend que la voiture gaspille l'argent. Au lieu d'être assise au chaud à bavarder ou écouter de la musique, j'ai froid aux jambes et je me mouille la tête, ce qui me fait friser affreusement comme un mouton. En roulant et en discutant avec papa, je ne m'en rendais pas compte, mais la ville est moche. Le trajet est monotone, avec toutes ces maisons pareilles en brique rouge, le bleu et jaune du fanion du FC Portsmouth accroché à une fenêtre sur deux. Même si cela nous mettait en retard, papa aimait bien pousser voir l'état de la mer, le matin, le long du

South Parade Pier ou de la Fun Fair et ça donnait l'impression d'être en vacances. Je mets presque quarante minutes de marche maintenant, alors je pense à lui, pour ne pas voir les rues. Je lui parle dans ma tête, je repense à nos parties de pêche et à tous les jeux.

La professeur de lettres a parlé avec maman. Le lendemain, elle est arrivée en classe triomphalement avec un planisphère. C'est là qu'on se rend compte que la planète est couverte d'océans. La carte est pleine de bleu et, vers 50° sud, il n'y a que cela et, tout en bas, la marge blanche de l'Antarctique. Elle avait collé un gros point rouge sur Portsmouth et dessiné un pointillé qui sortait de la Manche. Elle a dit que nous allions suivre la course que faisaient papa et les autres. En cours de géographie, on apprendra la latitude, la longitude et tous les océans, en maths on calculera la vitesse des bateaux et en sciences on verra les courants, les vents et les animaux marins. Evidemment toute la classe s'est retournée vers moi, mais j'ai réussi, je crois, à garder l'air normal.

J'ai amené en cours des photos du bateau et on a invité Sylvinas qui a expliqué comment papa allait manger, dormir et manœuvrer le bateau. Il a bien insisté sur l'intérêt d'avoir un multicoque, beaucoup plus rapide, et pourquoi c'est un défi supplémentaire, car ça n'a jamais été fait. Ses réflexions m'ont ouvert les yeux. J'ai adoré toute la préparation, mais je la prenais un peu pour un jeu, pas comme la construction d'une cabane ou la semaine de camping sur l'île de Wight, mais un jeu quand même, à la taille des adultes. J'ai pris soudain conscience que c'est beaucoup plus que cela. Il va devenir quelqu'un dont on parlera ensuite dans les livres parce qu'ils ont fait ou inventé des choses importantes, comme Churchill, ou Flemming qui a découvert la pénicilline.

L'aventure de papa, c'est un exploit immense. Cela ne concerne pas que lui. Pendant qu'il se préparait, je voyais déjà qu'il y avait quelque chose de communicatif qui envahissait la tête des gens qui venaient l'aider. Un enthousiasme aussi contagieux que son rire.

Papa est devenu universel, son nom va faire le tour du monde, son destin nous concerne tous, mais il reste mon père et moi sa fille unique. Cela donne le frisson.

Depuis qu'il est parti, des gens de Portsmouth qui me connaissent ont commencé à venir me féliciter. Ils voudraient s'adresser à lui, mais comme ils ne peuvent pas, maman, Alex, Chris ou moi servons de doublure. J'ai l'impression que je ne suis plus « Eva », mais « Eva, la fille de Peter, tu sais, le type qui fait le tour du monde en bateau ». Tout le monde ne me parle que de papa, me pose sans cesse des questions sur lui, mais personne n'a plus l'air de s'intéresser à moi. Juste à moi ! Même Kerry, ma meilleure copine, me demande tous les jours si j'ai des nouvelles, elle dit que j'ai de la chance d'avoir un père qui est un type formidable et que le sien serait trop trouillard pour faire une chose pareille, mais pas une fois elle ne m'a interrogée sur les voyages que moi, j'aimerais faire.

La vie est redevenue normale, mais je la trouve vide : le collège, la maison, le week-end avec mamie Té qui nous emmène pour la cinquantième fois voir le *Victory*, le bateau de Nelson, parce que Chris et Alex adorent cela.

Samedi après-midi, j'ai fait croire à maman que j'allais chez Kerry, mais je voulais partir toute seule à South Parade. Il faisait beau. J'adore le mois d'octobre, d'ailleurs c'est celui de ma naissance. Il y a encore des fleurs et les feuilles sont déjà orange. Le soleil est plus rouge qu'en plein été et cela fait de beaux reflets dans l'eau. Le ciel a toujours l'air très pur et d'un bleu profond. Je voulais aller choisir les pantoufles que maman m'a promises pour mon anniversaire. En fait je voudrais des mules, comme elle. L'estacade de South Parade, les boutiques et les salons de thé étaient noirs de monde. Des gens qui mangeaient des glaces ou des gâteaux pleins de crème et des gosses avec des ballons publicitaires ou des petits moulins à vent en plastique. Je leur ai trouvé l'air idiot, ils étaient moches et mal fagotés. Les filles avaient des minijupes où on voyait presque leur culotte et étaient maquillées comme des pots de peinture. Moi, je me sentais très différente de tout le monde, avec une sorte de secret.

J'ai marché longtemps le long de la plage, jusqu'au musée des Marines. Le Solent était couvert de voiles, de spis dont les couleurs brillaient dans le soleil. Il y avait sûrement une régate et j'aurais aimé en faire partie, mais personne ne veut m'emmener parce que je suis trop jeune. Devant le musée il y a une statue d'un Marine en battle-dress, son fusil dans les bras et le béret bien penché sur le crâne. Il marche, face à la mer, et on dirait que le monde lui appartient, comme un héros, comme papa.

A côté, j'ai l'impression d'être très nulle. Qu'est-ce que je fais, à part m'ennuyer en cours ? Est-ce que je pourrai un jour, moi aussi, faire quelque chose d'incroyable, une grande découverte, un voyage impossible comme lui ?

Je me suis installée sur un banc où il n'y avait personne et j'ai fermé les yeux. Je me suis vue debout toute seule dans une lumière très violente qui vient de gros projecteurs, comme à un concert. C'est un instant sublime où des millions de gens me regardent. Je sens leur reconnaissance, leur émotion, leur admiration qui me portent. Dans ce rêve, je ne sais pas ce que j'ai fait pour mériter cela, mais c'est une chose unique qui va changer le monde. J'ouvre les yeux, il n'y a que des vieux qui promènent leurs chiens sur la plage et un type et une fille qui s'embrassent.

Aujourd'hui, je me fais la promesse solennelle que je ferai moi aussi quelque chose dans ma vie. Sinon, à quoi ça sert, la vie ?

Ça va être difficile d'avoir des nouvelles de papa. Dès que nous sommes revenus à terre, le soir de son départ, on aurait déjà voulu en avoir. Mais il faut attendre qu'il appelle avec sa radio. C'était sinistre. Il faisait nuit, il pleuvait et tout le monde était fatigué. On se sentait tout bizarres de ne plus rien avoir à faire. Nous sommes allés boire un thé et manger des scones avec de la crème. Sylvinas est très gentil. Il est grand, presque deux mètres, mais il a l'air très doux. Il avait pris Alex, qui s'endormait, sur ses épaules. Il plaisantait pour nous remonter le moral.

— Tu sais, Alice, depuis cet après-midi, je comprends mieux ce que c'est que l'accouchement ! En tout cas celui-là n'a pas été sans douleur. Et me voilà maintenant avec l'angoisse d'un père qui voit partir sa progéniture.

Stew s'est moqué de lui en lui disant que si papa ne gagnait pas, il n'aurait plus jamais de multicoque à dessiner et qu'il faudrait qu'il vienne se faire embaucher comme manœuvre dans son chantier pour gagner sa croûte.

— Tu ne crois pas si bien dire, Stew. Je ne l'ai jamais dit à Peter, mais Colins, le secrétaire du comité de course, m'a plusieurs fois appelé pour me dire que le projet ne leur paraissait pas raisonnable : trop peu de temps, trop d'idées farfelues, trop peu d'expérience de ce genre de bateau. Je le connais depuis longtemps mais on s'est quasiment fâchés. Ce qui est sûr c'est que *Sailahead* est dans leur collimateur.

Journal de Peter March

1er novembre

L'aube se traîne un long moment en grisaillant à l'horizon. La luminosité qui varie donne l'impression que les cargos ont des mouvements erratiques, tour à tour très proches ou très éloignés. Ils sont encore nombreux, je suis à peine au milieu de la Manche. La renverse de courant m'a saisi à hauteur de la pointe Sainte-Catherine. J'ai peu avancé, bataillant au plus près du vent. Je me sens misérable, plombé par le blues du départ et la nuit sans sommeil.

Je n'ai pas véritablement le mal de mer. Hélas ! Vomir un bon coup ferait du bien. Je traîne une terrible acidité gastrique, avec quelques hoquets secs et surtout un mal de tête et une mortelle faiblesse. Après une bouchée, j'ai jeté par-dessus bord les sandwichs d'Alice. J'ai l'impression d'être un vieux sac humide oublié au coin du cockpit. Il faudrait que j'arrive à me secouer. Le vent a faibli mais je n'ai pas envie de larguer les ris. Je me suis rendu compte, dans la nuit, qu'il y avait du méli-mélo en tête de mât, sans doute des drisses coincées. Il faudrait monter vérifier là-haut et je ne m'en sens pas l'énergie pour le moment. Il n'y a pas urgence, il vaut mieux que je me retape, que je range le bateau. Il y aura bien le temps ensuite de cravacher. Je répugne à faire le moindre mouvement. Je baigne dans un jus tiédasse. La transpiration de cette nuit s'est peu à peu condensée dans le ciré. Dès que je bouge, j'entre en contact avec une partie froide et gluante de mes vêtements.

Des vagues grises claquent sur les coques, le ciel est cafardeux à l'unisson. Heureusement le pilote automatique me permet de me recroqueviller, d'entrer en semi-léthargie, guettant mollement l'horizon. Ce combat pour partir m'a sucé la moelle. Je dois accepter une pause pour me dépouiller de mes oripeaux de terrien. Je m'imagine, couleuvre immobilisée par sa mue, attendant son habit neuf de marin solitaire. Les images du petit déjeuner à cette heure-ci à la maison assaillent mon cerveau : l'odeur aigrelette des enfants sortant du lit, le peignoir qu'Alice renoue sempiternellement quand il lui découvre le ventre, la fumée des bols. J'ai failli me mettre à pleurer.

J'essaye de dormir ou, quand je n'y arrive pas, de me concentrer sur la construction de l'ordinateur. J'ai emmené autant de composants électroniques, de diodes et de transistors qu'il en faudrait pour monter un commerce, car cela sera la clé de la victoire. Les capteurs ont été posés, collés dans la résine au fur et à mesure de la construction, dans le gréement, la structure, le safran, et les fils renvoyés jusqu'à la table à cartes, mais nous n'avons pas eu le temps d'aller plus loin et une pagaille de câbles traînent le long de la cloison. Je réfléchis au boîtier de contrôle et passe l'après-midi à mâchouiller du pain sec, entre deux siestes.

J'ai dû somnoler plus que prévu. Le soir me surprend. Les phares envahissent à nouveau le ciel. Au gré des virements de bord, je discerne les lueurs des villes anglaises ou françaises. Ce va-et-vient illustre parfaitement mon sentiment d'entre-deux, d'hésitation entre terre et mer, entre le tourbillon humain que je viens de quitter et la solitude.

5 novembre

Longitude de Brest, enfin ! D'ici ce soir je pourrai arrêter de tirer ces bords frustrants et enrouler la pointe de la Bretagne. Par moments le courant de marée me repoussait dans l'est. Rien de plus odieux que de voir la côte défiler dans le mauvais sens ! L'attente en mer est toujours difficilement supportable car il n'y a pas ces mille petits riens qui meublent et font trouver le temps plus court. Ces derniers milles n'en finissaient pas.

Je ressens une impression bizarre, comme si la course n'avait pas encore commencé. Cette entrée en matière est décourageante. La mer est désordonnée et ne facilite pas l'ascension du mât. Je suis donc resté à petite vitesse en attendant que le vent tourne et que les conditions soient propices pour réparer et « remettre du charbon », comme on dit ! Je passe le temps dans ma couchette, je fixe le plafond et tout à coup je m'endors, jamais longtemps à cause des cargos, mais assez pour me sentir déboussolé. Quand je me réveille, je ne sais plus quelle heure il est. J'en tire une sorte de jouissance, un sentiment de liberté. L'heure qui nous tyrannise à terre n'est ici qu'un détail. Que m'importe, qu'il soit 3 heures du matin ou du soir, dimanche ou lundi. Le bateau avance dans un continuum de temps et d'espace. Rien ne distingue cette vague de la suivante, cette seconde de celle d'après. Je deviens, en quelque sorte, le maître du temps car c'est moi qui fixe les repères et les ponctuations. Pour avoir vécu sous sa coupe ces derniers mois, c'est un vrai soulagement et je m'adonne avec plaisir à cette vacuité.

J'ai une autre raison pour ne pas déployer trop de toile. Je me suis aperçu que le pilote automatique avait pris du jeu. C'est sans doute le système de biellettes et il me faudrait du temps plus calme pour les rerégler.

J'ai promis d'appeler Richard par radio, mais ma faible progression va le décourager. Mieux vaut attendre d'avoir rattrapé mon retard. Du coup, je ne peux pas non plus parler à Alice et elle me manque. Et si elle me trompait, en ce moment même ! Je sens une vague de panique et je sais que c'est absurde.

Je ne crois pas être un solitaire dans l'âme, un Moitessier exultant au seul son des vagues. J'aime parler, j'aime rire, j'aime discuter. Je n'ai jamais cherché à m'isoler, les autres me font exister. J'adore persuader, faire craquer peu à peu les résistances de mes interlocuteurs, voir leurs yeux s'affoler, sourire ou devenir songeurs. Je reconnais que la solitude m'est désagréable, mais je vais m'habituer. Le jeu en vaut la chandelle.

6 novembre

Il y a eu un dernier grain, gras et lourd, et, derrière, une trouée d'un bleu franc. Mon calvaire a cessé. Le vent de nord-ouest est arrivé, vigoureux, fantasque avec ses rafales, comme un animal sauvage. Sur son dos *Sailahead* caracole vers le sud. Le sillage s'est enflé en trois belles traînées mousseuses. En dévalant les vagues, la coque émet un petit grondement, comme de contentement. Je me surprends à le personnifier. Est-ce la solitude qui commence à produire ses effets, j'ai spontanément parlé au bateau.

— Vas-y, attaque !

Mais le bruit de ma voix a sonné si étrangement, sans personne pour y répondre, que cela m'a mis mal à l'aise. Il va pourtant falloir s'y faire, je risque de passer cent quarante jours ainsi !

L'air plus vif, le ciel mouvant m'ont aidé à sortir de ma torpeur. Je me suis installé à la barre. Une bouteille d'eau à portée de main, un paquet de biscuits, une cassette de la Callas qui hurle à tue-tête, prenant le pas sur le bruit de la mer, ce frugal bonheur me porte une grande partie de la journée. Le temps s'étire, sans autre importance que me faire avaler des milles. La mer est d'un beau bleu outremer. Chaque nuage dessine une tache noire où se bousculent les vaguelettes de la risée. L'air de novembre est frais, mais barrer réchauffe et mon pull-over fume en séchant à même le corps. Je revis. Chacun de mes muscles accompagne les mouvements du bateau, je sens son balancement jusque dans la pointe de mes fesses. A chaque départ en survitesse, il faut contrôler fermement la barre pour garder une belle trajectoire. Docilement *Sailahead* s'élance bien droit et j'éprouve le plaisir d'un cavalier maîtrisant une monture difficile. Je m'applique et je goûte la crispation qui s'insinue dans mes épaules au fil des heures. Les mouvements de contrôle me deviennent machinaux et me libèrent l'esprit.

J'établis dans ma tête la liste des travaux que j'entamerai dès que ce vent mollira : les ris, le pilote, l'ordinateur, ranger le capharnaüm, faire tourner le groupe électrogène, recouper, je ne sais comment, ce génois trop long. L'après-midi tire à sa fin et je suis assez fier de mon acharnement. Cela fera une belle matière au communiqué que je vais écrire pour Richard.

Je me laisse aussi aller à explorer cette idée de l'autre jour, du continuum de temps et d'espace. En fait, revenir à son point de départ après avoir accompli le tour de la planète ressemble au cycle de la vie. Cela a quelque chose à voir avec l'espace courbe d'Einstein, je suppose. Ce voyage n'est qu'un passage, une boucle, une sorte d'intermède aux étranges règles du jeu. La solitude m'affranchit des lois sociales et je me sens plus à même d'en approcher d'autres, plus fondamentales. Je vais mettre à profit ce périple. Vivre autrement amène à penser autrement. Cet isolement sera fécond et mon livre sera autre chose que cette assommante litanie de manœuvres que nous a servie Chichester.

Le soir décline, je suis fatigué. Pour me décontracter, je me trémousse dans tous les sens et ma couchette commence à devenir une idée fixe. Mais le vent s'en fout. A chaque fois que je tente de connecter le pilote, ça ne dure pas cinq minutes. Je sens le bateau quitter son cap insidieusement, la brise le prend par la hanche, le fait pivoter jusqu'à s'arrêter toutes voiles claquantes. Ça ne m'arrive pas souvent, je me suis mis en colère contre la machine. Ce vulgaire pilote, cet amas d'inox, me défie et la mer est complice. On dirait qu'ils se liguent pour m'empêcher de me reposer, pour contrarier ma performance. Quand, pour la dixième fois, *Sailahead* perd sa route, je ne peux pas me retenir de trépigner et de donner de grands coups de pied. Le vent n'a molli qu'à 3 heures du matin !

J'ai perdu ma belle sérénité de la journée, pourtant les conditions sont superbes. Des cumulus bien joufflus continuent à courir à vive allure. La lune, presque pleine, tantôt diffracte derrière les nuages tantôt éclabousse la houle en larges barres lumineuses, régulières, jusqu'à l'horizon. L'air nocturne sent le neuf, le pur. Mais la fatigue me fait ressentir cette beauté comme une forme de provocation. L'océan semble me faire la morale, m'inciter à la contemplation et à la paix, comme si tout allait bien. Alors que je suis fatigué, crispé et mécontent.

Finalement, j'ai affalé la voile d'avant pour soulager la barre, tant pis pour la vitesse, et je me suis écroulé sur la couchette. Par l'ouvert de la descente, la lune passe et repasse au gré du roulis. Son mouvement hypnotique m'empêche de dormir : présence, absence, présence, impression de flou, de mou, d'impuissance à fixer les choses.

7 novembre

Inconsciemment je perçois que *Sailahead* ralentit jusqu'à s'arrêter. Le chuintement de l'eau sur la coque devient clapotement, les mouvements, désordonnés, tangage et roulis mêlés. Quelque chose en moi sait qu'il faut se lever, renvoyer de la toile, retourner à la barre, reprendre la corvée, le boulet. Ma fatigue résiste, me tire vers le noir et l'oubli. Il est plus de 11 heures quand j'émerge. Le vent est devenu inexistant, les nuages ont arrêté leur défilé, la houle est molle. *Sailahead* fait stupidement route au nord à toute petite vitesse comme pour me reprocher son abandon.

Je dois me reprendre. D'abord le moral : l'odeur des œufs au bacon me réconforte, je traîne au petit déjeuner, une cigarette après l'autre, à l'abri dans mon recoin de cockpit. Ensuite j'appelle Richard. Il le faut. Je me sens déjà si loin d'eux tous, je crois qu'ils ne peuvent plus me comprendre. Ils prendront pour de la mollesse ma fatigue des premiers jours, vont me harceler pour savoir quand je compte rattraper mon retard. Un point de vue commode pour celui qui est reposé et au chaud derrière un bureau !

L'opérateur a ce stupide accent de la région de Bristol, cette manie de rajouter un l à la fin des mots qui se terminent par a. Mais cela fait tellement de bien d'entendre quelqu'un vous parler. J'éprouve tout à coup une grande tendresse pour ce pays, cette culture, ces rites centenaires, ces particularismes régionaux exacerbés comme des gloires. Un comble, pour moi qui ai toujours détesté l'Angleterre.

Richard crie de joie quand on lui annonce mon nom et c'est à la fois réconfortant et légèrement angoissant. Sans exagérer, je crois être son idole. Nous nous sommes rencontrés au Yacht Club, qu'il fréquentait sans doute par snobisme ou pour trouver des clients pour son agence de pub. Il s'est tout de suite proposé pour m'aider dans des conditions très avantageuses. Il assume tous les frais de démarchage, de recherche de budget et de publicité et ne demandera que 10 % de ce que je pourrais toucher en rentrant. Si je gagne, ça pourra faire une belle somme, mais ce n'est pas l'argent qui l'a motivé. Il est tout simplement fasciné par mon aventure et enchanté de pouvoir y participer. Parfois il est un peu lourd avec sa façon de me tresser des couronnes ou de s'inquiéter pour moi comme une mère poule. Je ne veux pas de sa condescendance et je ne suis pas connu pour me plaindre. J'en rajoute un peu, mais il est tellement bon public que c'est un vrai jeu. Tout n'est-il pas jeu ?

— Impossible d'appeler au début, très grosse mer et vents violents... *Sailahead* s'en tire à merveille... obligé de faire cuire les œufs au fond de la cocotte-minute... *rires*... hier, belle cavalcade dans le nord-ouest... douche gratuite... *rires*... quelques problèmes de pilote automatique et de drisses, mais rien de grave, aujourd'hui est une belle journée, propice aux réparations... il faut juste que je remette la main sur mon bleu de travail... *rires*...

Au moment de donner ma position, je ne veux pas le décevoir, ou alors une pointe d'orgueil me pousse :

— Pas pu fusiller [1] le soleil... hier j'ai barré dix-huit heures de rang, au surf tout le temps... je suis à la hauteur de l'Espagne... J'espère atteindre l'alizé dans quelques jours...

C'est un peu flou et pas très exact car je n'atteindrai la latitude du cap Finisterre espagnol que dans trois ou quatre jours au mieux, mais c'est une bien petite entorse. En fait j'ai hésité à raconter à Richard mes débuts laborieux. Je m'aperçois que je me méfie légèrement. Je ne sais pas pourquoi je ne lui ferais pas confiance. Il a été efficace pour communiquer. Je n'avais pas évalué combien c'est important. Il le dit lui-même, l'image c'est déjà une grande

1. Fusiller un astre, c'est le viser au sextant pour obtenir une position.

part de la réalité. Il a parfois été plus enthousiaste que moi, en une parfaite connivence avec Alice. Mais maintenant qu'il est seul aux manettes à terre, je ne voudrais pas qu'il abuse de sa position. C'est stupide, mais j'ai peur qu'il ne prenne trop d'ascendant sur elle, comme si les contacts avec moi le plaçaient en situation de supériorité. Un instant je me suis demandé si je n'étais pas jaloux. Mais, non ! Je ne ressens rien de tel et la sais totalement loyale. Concernant ma position, au train où je suis allé hier, je n'en ai pas pour longtemps à remettre les choses en place. C'est même de bonne guerre d'impressionner d'entrée de jeu ses adversaires. Il est important de prendre un ascendant psychologique, ne jamais dévoiler ses faiblesses et toujours apparaître en position de force. Pour que l'adversaire n'ait pas connaissance de vos difficultés, la règle est simple : il ne faut en parler à personne. J'avoue aussi un malin plaisir à river leur clou à ceux du *Sunday Times*. J'ai horreur de leur façon d'avoir des chouchous et des têtes de Turc. C'est toujours la même chose, on ne prête qu'aux riches, à ceux qui sont connus, Moitessier et consorts. Mon bateau les effraye parce qu'il est trop innovant. Que diront-ils quand l'ordinateur sera fonctionnel ! Un peu de pub ne peut pas non plus nuire à Sailahead... Il faut penser à Alice et aux enfants, dont c'est une partie des revenus, à Roger et Charles qui m'ont fait confiance.

Cette conversation m'a revigoré. D'avoir parlé positivement de ma situation me donne l'intuition que la réalité ne va pas tarder à s'y conformer. C'est une autre de mes armes psychologiques. Pour gagner, il faut d'abord s'imaginer gagnant. L'avantage du solitaire, c'est que je suis le seul à maîtriser l'information, qui, comme chacun sait, est à l'origine du pouvoir.

J'attaque l'après-midi avec entrain, sans bleu de travail que je n'ai jamais eu.

9 novembre

L'électronique est ma partie. Quand je regarde un circuit imprimé, j'ai l'impression qu'il me parle, je « vois » circuler les flux électriques, je « sens » leurs hésitations, leurs renoncements en cas de panne. Mais pour la mécanique, je ne suis pas un excellent bricoleur. Le pilote me donne du souci. Je casse une pièce en voulant la détordre.

Ensuite, je dois me forcer pour grimper au mât. J'éprouve une grande violence à cette ascension, je m'agrippe convulsivement aux échelons, j'ai la peur au ventre. Du sommet, c'est affreux. Il ne s'agit pas de vertige, mais à voir le bateau posé seul dans cette immensité, je mesure mon isolement, il m'assaille tout à coup. Si je tombais, je pourrais rester agonisant des jours sur le pont sans secours. En haut, les drisses se sont emmêlées dans le sac de flottabilité antichavirage. Il est très mal fixé. Il faudra un long travail pour le remettre d'aplomb. De plus, dans la pagaille du départ, je ne suis pas sûr d'avoir emmené les tuyaux servant à le gonfler. Je redescends mécontent sans avoir vraiment résolu le problème.

J'ai à nouveau le sentiment que ces avaries se liguent contre moi, cherchent à me mettre à l'épreuve.

Je reste un long moment assis contre le mât pour calmer les spasmes musculaires dus à l'ascension et à l'énervement. La mer paraît lourde. La houle soulève péniblement le bateau et le repose à peine plus loin. *Sailahead* est englué par d'invisibles élastiques liquides qui entravent sa marche. D'autres appelleraient cette mollesse « quiétude » ou « répit », mais je suis en course. J'ai mis mes dernières forces à renvoyer la grand-voile, puis je me suis enfermé à l'intérieur pour ne plus sentir peser tous ces ennuis. J'ai eu subitement envie d'un énorme chocolat chaud, avec des épices, comme ceux de mon enfance. Confectionné avec du lait en poudre, il est moins bon, mais malgré tout apaisant.

J'ai une réputation de phénix. Aucun échec ne m'a arrêté jusqu'à maintenant. Sans me vanter, je me suis déjà tiré de pas mal de mauvaises passes dans la vie. Mais c'est toujours pareil, il a fallu à chaque fois que je recommence à zéro pour être reconnu. C'est comme cela en Angleterre, quand on ne naît pas avec une cuiller en argent dans la bouche, on vous croit incapable. J'entends encore mes professeurs me prédire une vie de vaurien. Pas si vaurien, celui qui peut gagner un tour du monde en solitaire !

11 novembre

Le beau temps continue. Il fait nettement moins froid, il n'y a plus de rosée sur le pont ce matin et je ne suis plus obligé de m'emmitoufler à la barre. Je prends enfin mon rythme. Je me suis fabriqué un programme journalier : réveil au lever du soleil, un tour sur le pont, petit déjeuner, barre toute la matinée, repas, sieste, barre ou bricolage et dernier repas avant la nuit que j'essaye de faire complète. Je suis maintenant en dehors de la route des cargos et le vent est faible mais régulier. *Sailahead* trace gentiment sa route vers le sud et j'ai devant moi encore de longues semaines avant que les choses sérieuses ne commencent dans l'hémisphère Sud.

Pour un peu, je me sentirais comme un employé de bureau effectuant consciencieusement ses heures. Mais cette routine est bienvenue et elle me permet de garder des forces pour la suite.

Richard a eu le temps, l'autre jour, de me donner quelques nouvelles de mes adversaires : Je suis déjà débarrassé de John Ridgeway qui s'est arrêté à Recife avant que son mât défectueux ne lui tombe sur la tête, de Chay Blith qui est à Capetown en prétendant qu'un ouragan a endommagé son gouvernail et beaucoup de ses équipements, et même de Carozzo, ce brave Italien n'a rien trouvé de mieux que d'avoir une colique néphrétique ! Knox-Johnston, parti le premier, est dans l'océan Indien, il cahote à petite vitesse avec des problèmes de pilote automatique, Moitessier caracole au sud de l'Atlantique suivi de Fougeron, King et Tetley. Parti en dernier, je ferme pour le moment la marche. Mais c'est finalement une position assez confortable d'être le chasseur.

Quand je barre, je suis souvent en train d'imaginer que je pourrais en croiser un et que je le dépasserais en lui faisant un petit signe de la main :

— Salut mon pote, ça va ? Rendez-vous à Plymouth, je t'attendrai pour boire une bière !

J'ai fait quelques calculs pour savoir quand je pourrai les dépasser, en supposant qu'ils restent tous en course. Le plus coriace est encore et toujours Moitessier. Il fait des vitesses impressionnantes avec son tank en ferraille ! Mais je n'ai pas encore retaillé mon génois, ni trouvé de solutions définitives pour les drisses qui s'effilochent en tête de mât. J'essaye de forcer l'allure sous foc. C'est grisant de voir le bateau glisser sur l'eau par la seule force du vent. Je devrais aisément le rattraper dans le Grand Sud.

13 novembre

Tout va toujours bien. Je profite au maximum de ces airs favorables pour rester à la barre et accumuler les milles. Si ça continue comme cela, je pourrai annoncer une belle position à la prochaine vacation radio. Seule ombre au tableau, la liste des bricolages commence à s'accumuler et je répugne à m'y attaquer. J'admets être meilleur à une table à dessin que dans un atelier. Il y a plusieurs choses que je ne sais vraiment pas comment réparer, comme les drisses ou le pilote, et l'échéance se rapproche où elles devront fonctionner parfaitement. C'est la grande difficulté de cette navigation. Il faut savoir tout faire seul. Ce n'est pas dans ma nature. J'ai toujours réussi à refiler à d'autres ce qui me posait problème. En fait, je suis agacé de ne pas me sentir assez sûr de moi pour attaquer ces réparations. J'ai l'impression qu'un œil inquisiteur me surveille, prêt à se moquer de moi si j'échoue. C'est une étrange sensation qu'il faut sans doute mettre sur le compte de la fatigue que je traîne depuis le départ. Pendant que je barre, je retourne ces problèmes dans ma tête, cela finit par m'obséder et me mettre de mauvaise humeur. C'est idiot car, par ailleurs, la vie est douce. Je me sens bien, loin de cette société asservissante qui en réclame toujours plus. Ici, je suis libre, personne pour me contrarier, pour exiger quoi que ce soit, aucun compte à rendre. Parfois c'en est même un peu effrayant, car c'est comme si je n'existais plus, puisque personne ne se soucie de moi. La seule chose qui compte c'est qu'à la fin il faudra que je sois devant les autres.

15 novembre

Mal ! Mal au ventre et mal de tête. Immense envie de vomir, de me vider, de m'anéantir. J'ai fui dans ma couchette et tiré le duvet humide au-dessus des yeux. Ne pas voir, ne pas entendre, ne pas penser, laisser le temps rouler sous mes coques, coquilles inutiles.

Pourquoi cela m'arrive-t-il à moi ?

Une volonté maléfique serait-elle réellement à l'œuvre quelque part dans l'univers, qui se rit de ma pauvre petite personne ?

Aujourd'hui, quinze jours après le départ, il va me falloir renoncer. Ecrire ce mot même me fait remonter une sourde douleur dans la poitrine.

Donc, ce matin, plutôt belle journée, il faut démarrer le groupe électrogène pour charger les batteries que j'ai négligées jusqu'à maintenant. Je serais superstitieux, je penserais qu'il se venge de mon délaissement. J'ouvre la trappe au fond du cockpit, le désastre me saute au yeux : il est quasiment recouvert d'eau, submergé.

Une fuite a dû se produire dans le joint du panneau. Ces crétins du chantier ont mal fait le travail. Je m'en rends compte trop tard. Un moteur rempli d'eau de mer est mort. Adieu lumières, radio, feux de navigation, ordinateur ! Adieu la course, la victoire !

Je suis entré dans une colère froide, une rage d'impuissance, j'ai bourré de coups de pied le capot fautif. Je n'ai jamais senti la haine m'envahir à ce point, je tapais, je tapais. Mes orteils ne brûlaient quand j'ai arrêté. Je me suis laissé retomber sur la banquette du cockpit, épuisé, ahuri de ma violence. J'ai eu la vision fugitive d'être en train de glisser, m'écorchant les ongles pour tenter de me rattraper le long de la paroi d'un building de verre, je glisse, je glisse.

Je m'oblige à me calmer, à rester assis, à regarder la mer. Loin des côtes, dans ces zones de grands fonds et par ce beau temps, elle a sa belle couleur indigo intense. Elle respire paisiblement sous la houle, à peine ridée de vent. Elle n'en paraît que plus vide. Indifférente ou tolérante ? Je me laisse hypnotiser par le rythme des vagues, comptant les secondes qui les séparent. Résultat : huit. Je suis resté près d'une demi-heure à compter jusqu'à huit. Cela s'est révélé très positif. Je me suis senti ensuite serein, prêt à recommencer à zéro.

Il faut extraire le moteur de son compartiment, le rentrer dans le bateau, le démonter entièrement, le laver de son sel, le sécher et le faire repartir. Impossible de remettre la main sur la boîte de clés à pipe. Il est vrai que la cabine est encore un joli foutoir. Je me souviens que Tom m'a dit au dernier moment qu'il avait entassé des caisses dans les flotteurs quand il ne savait plus où les mettre.

La séquence suivante me hante maintenant du fond de ma couchette :

Je dévisse les écrous papillons du panneau qui permet de rentrer dans le coqueron bâbord ; j'ai à peine soulevé la trappe que l'horrible bruit me saute aux oreilles ; la coque est pleine d'une eau qui clapote rythmiquement ; je me glisse à l'intérieur, patauge, cherche à tâtons un trou, une fuite, une explication ; je remarque une drôle de rayure claire sur la surface sombre du liquide ; lève la tête.

Là ! A à la jointure de la coque et du pont, le jour filtre sur plus d'un mètre. Le flotteur est en train de s'ouvrir comme une vulgaire boîte de conserve, pire les couches de plastique sont arrachées, délaminées, irréparables. Je fonce vers l'autre coque, mes jambes deviennent cotonneuses ; je sais déjà que le désastre m'attend, va s'amplifier, m'écraser, me crucifier ; mes mains tremblent et peinent à ouvrir ; l'eau, l'eau affreuse, l'eau fatale, l'eau narquoise reflète mon visage grimaçant dans son miroir calme.

Pourquoi ? Y a-t-il eu une erreur de calcul, de construction ? C'était impossible de tout vérifier, je n'avais pas le temps.

Je suis en état de choc. Trop c'est trop. Je n'arriverai jamais à réparer ces deux avaries majeures. Je ne suis bon à rien, je rate tout. J'ai perdu. Je me suis mis au lit, tout mouillé. J'ai tant pleuré que mon duvet est autant salé d'eau de mer que de larmes.

L'obscurité est tombée, j'ai fini par me lever. A la lueur d'une bougie, pour économiser les batteries, je dresse une liste :

— pilote endommagé
— sac de flottabilité inutilisable
— drisses abîmées
— groupe électrogène KO
— fuites irréparables dans les flotteurs
— voile à retailler

Séparément, chaque chose est grave. Tout ensemble, c'est terrifiant. Cela me saute à la figure.

Sur une autre feuille je note les conséquences :

— Pas moyen de continuer la course
— Possibilité de ramener le bateau en Angleterre, incertaine
— Pas de livre, pas de rentrées d'argent

— Articles négatifs dans la presse

— Mauvaise publicité pour Sailahead, perte de clientèle, perte de confiance de Charles et Roger, faillite.

— Difficultés à rembourser l'emprunt fait pour la construction, risque d'être obligé de vendre la maison.

Je ne veux même pas penser aux implications de ce que j'ai avoué à Alice dans la lettre que je lui ai laissée. C'est trop effrayant.

Je n'ai pas non plus rajouté : que lui dire à elle, aux enfants, à tous ceux qui ont cru en moi ?

Je crois que c'est cela qui me fait le plus mal : abandon après moins de vingt jours de course. Je sais qu'on dira « abandon à cause d'un projet mal ficelé, d'un bateau mal construit, mal préparé ». J'entends déjà les ricanements. C'est injuste. C'est d'autant plus insupportable que je suis sûr que seul un multicoque équipé des technologies les plus modernes est à même d'établir un temps intéressant sur ce parcours. Et c'est moi qui dois être à la barre, car c'est moi qui ai développé le concept, pris le risque. Ce soir, je me sens terriblement incompétent, j'ai présumé de mes forces, j'ai honte, pourront-ils me pardonner ?

Je suis resté longtemps devant mes deux papiers. Sur chacun, j'ai écrit au bas « solution ? impossible ». La bougie fond, coule sur les feuilles et dessine de petits cercles gras. Le vent doit forcir car l'ombre projetée s'affole. Des taches de lumière se poursuivent dans la cabine et me donnent le vertige. Je sors. Le bateau trop toilé effectue de grandes embardées dans le noir. Au point où j'en suis, il vaut mieux tout affaler. Laisser la nuit passer sur ce cauchemar.

Je n'ai pas le courage de me changer. Trempé, je tremble dans ma couchette, comme si j'étais fiévreux. C'est peut-être le cas, j'ai l'impression de dériver comme les coques, en travers de la houle. Le bateau sans voiles est maladroit, il se dandine sans repères, sans cap, comme moi cette nuit. Je somnole sans dormir, le vent forcit encore et j'angoisse soudain que les flotteurs gavés d'eau, malmenés par la mer, ne viennent à s'ouvrir complètement. Je me mets à guetter, je me raidis à chaque claquement un peu plus brutal, à tout chuintement inattendu. Les bruits s'amplifient dans la caisse de résonance de la cabine, je suis dans l'intérieur d'un tambour et dehors l'océan vindicatif cogne. J'entends des voix, des reproches grommelés, des insultes sèchement murmurées.

« Alice ! Tu me manques tant ! Je voudrais ta

peau tiède pour me réchauffer, l'odeur rassurante de ta peau. Je voudrais me blottir, je voudrais que tu m'aides à y voir clair, que tu me sortes de cet enfer. »

18 novembre

Les trois derniers jours, depuis la terrible découverte, ont été des jours à rien ; « comptent pour du beurre » diraient les enfants. Une dépression est lentement passée alternant le sud-ouest fort et le nord-ouest en rafale. Je n'ose pas remettre en route tant ma peur est grande que le bateau, trop sollicité, ne se disloque. Je vais de la couchette à la table à cartes. Ecrire m'aide à réfléchir, j'ai donc entamé un des cahiers neufs devant servir de livre de bord pour mettre mes idées au clair.

— Solution 1 : continuer le tour du monde : impossible dans l'état actuel.

— Solution 2 : abandonner : impossible sans assurance de pouvoir repartir à brève échéance.

— Alternative : s'arrêter pour réparer ; où ? L'assistance est interdite par le règlement de la course. Puis-je m'arrêter dans une baie déserte et me débrouiller seul, sans me faire remarquer ?

— Quelle que soit l'issue, je dois prouver la

supériorité de ma solution. L'occasion fournie par cette course est unique !

— Arriver à parler avec Alice, discuter aussi avec Richard. Je ne lui ai parlé qu'une fois depuis le départ et si les gens s'inquiètent, ils ne vont pas tarder à commérer.

— Personne d'autre ne doit être au courant de mes difficultés tant que je n'ai pas pris de décision.

— Réparer le groupe électrogène est une priorité, pour pouvoir communiquer.

Sur une autre page, j'ai effectué quelques calculs qui m'ont donné le vertige. J'ai tablé sur une vitesse moyenne de 7,5 nœuds, soit 139 jours de course. Or je n'ai parcouru que 1 000 milles en 15 jours, c'est-à-dire à 2,7 nœuds. Je devrais être à l'entrée du pot au noir, 30 degrés de latitude plus bas ! J'ai failli jeter le cahier par-dessus bord de dégoût en voyant cela. Ensuite j'ai fait le calcul inverse, 1 000 milles ne représentent que 4 % du trajet, quand j'aurais dû en avoir effectué 10,8 %. Rien n'est donc perdu, car si ma moyenne passe à 8,06 nœuds précisément, je rattrape mon retard. Dès que je serai dans les mers du Sud, les vents portants conviendront mieux à *Sailahead* et je tiendrai sans effort des vitesses supérieures. Il est très agaçant de savoir que j'ai raison, sans pouvoir le prouver. J'en viendrais presque à comprendre les sacrifices humains qu'effectuaient les anciens avant de prendre la mer. L'océan semble une puissance maligne avec laquelle il va falloir ruser.

Ce soir, le vent tombe, je me suis fait violence pour aller vider les deux coquerons de leur eau. Les fissures ne se sont pas aggravées.

Je prends mon courage à deux mains et tant qu'il me reste un peu de batterie, j'appelle Alice. J'ai sous les yeux mes deux feuilles pour lui brosser rapidement un tableau. Avec trop peu d'énergie, mon émission est faible, l'opérateur se démène pour m'entendre. Il s'écoule une éternité de craquements et de crachotements dans le récepteur, puis une voix fluette répond, c'est Eva ! Elle comprend tout de suite que c'est moi, elle crie :

— Papa chéri, tu vas bien ? Le bateau aussi ? tu sais au collège on suit ta course, la prof a même dit que l'on irait tous ensemble à ton arrivée. On a fait le calcul, le tour du monde c'est 25 000 milles, je ne pensais pas que cela faisait autant...

Je n'arrive pas à l'arrêter, sa voix est si joyeuse, coulant comme un torrent de montagne. J'ai une furieuse envie de la serrer dans mes bras, d'oublier cette foutue course.

— Ma biquette, je suis vraiment content de

te parler, mais il faut me passer maman très vite, je ne vais pas pouvoir discuter longtemps !

Cette entrée en matière m'a coupé dans mon élan, je ne sais plus ce que je dois dire. Mes deux feuilles me paraissent stupides. Ai-je le droit de dévaster, de piétiner l'espoir et l'enthousiasme avant d'avoir tout tenté ? Mon cœur se met à battre. Alice parle, je l'entends à peine.

— Mon amour, comment vas-tu ? Où es-tu ? Je pense tellement fort à toi, j'ai l'impression parfois d'être à bord...

Je froisse les feuilles, j'ai envie de pleurer.

— Ma chérie, tout va bien, sauf le groupe électrogène qui est en panne, donc je n'ai plus beaucoup de courant. Je ne vais pas pouvoir te rappeler avant de le réparer. Mais ne t'inquiète pas tout va très bien.

— OK, bien reçu, je transmets cela à Richard, où es-tu ? As-tu une position précise ?

Je craque, je me mords la main.

— Alice, mon amour, je ne t'entends presque plus, c'est les batteries, ne t'inquiète pas je suis au chaud dans l'alizé. Je t'aime.

Menteur ! A peine raccroché j'ai l'envie furieuse de rappeler :

— Non, tout va très mal, je vais abandonner... je suis bien loin de l'alizé... je ne sais plus quoi faire... je me sens prisonnier de ce foutu bateau, de ce défi imbécile... Aide-moi !

Je sors. Dehors l'après-midi tire à sa fin, les ombres s'allongent. L'air est frais et l'horizon vide. Les jours ici s'écoulent les uns derrière les autres, monotones, juste un peu plus clairs, un peu plus sombres. L'homme n'y existe pas, n'y est pas le bienvenu, tout simplement IL N Y EST PAS. Je pourrais être le dernier habitant d'une planète ravagée par un hiver nucléaire. Alors commencerait le cauchemar d'essayer de survivre sans savoir pour quoi et pour qui. Mais ce ne serait sans doute pas pire que ma situation actuelle. Mon regard erre de vague en vague. Je me souviens de ma blague avec Eva, quand je lui avais dit que je regardais les yeux de la mer. J'ai l'impression d'en voir réellement. Des regards apitoyés mais méprisants, moralistes, pour tout dire pervers. Oui, de cette perversité de celui qui vous a laissé rentrer dans la nasse et se délecte maintenant de vous voir tourner en rond comme un rat affolé.

— Alors, petit père ! Tu fais moins le malin ? Qu'est-ce que tu croyais, que moi, l'océan, je n'étais qu'une donnée technique du problème ? Que tu allais me chevaucher comme un bidet consentant ! Ridicule imbécile ! Menteur ! Incompétent ! C'est cela ta vraie nature, si tu voulais y échapper, il fallait rester avec les hommes à qui tu peux servir tes mensonges. Avec moi, ça ne prend pas.

— Pitié ! Taisez-vous ! Donnez-moi une chance !

En tête de mât, le sac de flottabilité valdingue et projette une ombre folle qui ressemble à un gnome qui se tord de rire.

Je lui ai parlé ! C'est moi qui ai décroché le téléphone quand il a appelé ! J'en ai encore le cœur qui bat. Il avait une petite voix, c'est sans doute la radio qui fait cela. En fait c'est d'abord une personne de la station de Portishead qui appelle en demandant si nous acceptons la communication. Quelle question ! Ensuite il y a pas mal de couinements et tout à coup la voix de papa. Le téléphone est dans l'entrée et par la porte vitrée, je voyais le canapé vert où il nous a annoncé son départ, la bibliothèque, le train électrique des garçons à moitié démonté et c'était vraiment étrange de l'imaginer si loin. Maman aussi lui a parlé, mais à peine plus longtemps que moi. Ensuite elle a demandé à Richard de venir. Il est de plus en plus bizarre en ce moment, il avait déjà la barbe mais il se laisse aussi pousser les cheveux. Il s'est mis à s'habiller avec une chemise en laine à carreaux et il a acheté des lunettes rondes comme celles de Lennon, tout cela lui donne un air de paysan. Maman s'est un peu moquée de lui mais lui dit qu'il faut évoluer et arrêter d'être rigide. En tout cas, il était très excité.

— Dans l'alizé ! Whaoo ! Quel as, c'est formidable, Alice ! Je vais faire un bon communiqué. Dommage qu'il n'ait pas pu parler plus, donner une position précise, raconté comment ça se passe. J'essaye de faire poireauter le *Daily Telegraph*, ils aimeraient bien leur premier article. Je leur expliquerai qu'il faut qu'il se concentre sur ses réparations. Est-ce que tu connais quelqu'un qui pourrait me tuyauter sur l'alizé, à quoi ça ressemble exactement, pour que j'écrive mon papier ?

Il s'est assis par terre devant la table basse en verre et a commencé à écrire sur son bloc quadrillé, à toute vitesse, en fourrageant dans sa barbe.

Moi j'aime bien rester assise sur les marches de l'escalier, je vois ce qui se passe au salon sans me faire remarquer.

Maman n'avait pas l'air si joyeuse. Elle s'était débarrassée de ses talons et s'était tassée dans un coin du canapé, les jambes recroquevillées sous elle. Elle malaxait le tissu qui recouvre l'accoudoir pour qu'on ne le salisse pas, comme si elle voulait passer à travers.

— Ecoute, j'ai un pressentiment, il avait une mauvaise voix. Bien sûr ce qu'il disait était rassurant, mais sa voix... sa voix... J'ai eu l'impression qu'il raccrochait parce qu'il allait se mettre à pleurer...

Là, Richard l'a stoppée net et l'a regardée en soufflant par le nez, il fait cela quand il est énervé.

— Alice ! Voyons ! Ah, cœur inquiet de femme amoureuse ! Ecoute, je sais comme c'est dur pour toi, toute seule ici, impuissante s'il lui arrive quelque chose, juste à te tourmenter, à imaginer le pire. Moi je suis sûr qu'il va bien. Il est crevé, c'est normal, et sans doute préoccupé par cette histoire de batterie. Mais tu le connais mieux que personne. Il a tellement d'énergie, d'enthousiasme. Regarde comment il a mené ce projet depuis le début, envers et contre tous !

Maman a continué à enfoncer ses ongles dans le bras du canapé.

— Justement non ! Tu ne t'en es peut-être pas aperçu, mais il a failli craquer pas mal de fois. Une semaine avant de partir, je peux te dire qu'il n'était plus si enthousiaste. Je crois que si j'avais un peu insisté il laissait tout tomber. Et là, il avait une voix... comment dire, si abandonnée, si solitaire...

— Allez, s'il y avait un problème, il te

l'aurait dit. Et puis, c'est bien ce qu'il voulait, les difficultés, et c'est bien ce qui fait l'exploit. Seul sur les trois océans ! Seul à l'assaut du monde ! Ce n'est pas un vulgaire moteur qui va lui faire perdre la tête. Il doit passer son temps à raconter des histoires drôles pour faire rigoler les poissons !

Ensuite il s'est levé pour prendre les mains de maman dans les siennes, exactement comme elle le fait avec moi quand elle veut me faire la morale et alors je sais qu'elle va dire : Ecoute, Eva, soit raisonnable....

— Ecoute, Alice, sois raisonnable, nous devons faire bloc autour de lui. Ce n'est quand même pas toi, sa femme, qui vas douter de sa force de caractère !

Tiens cela aussi maman me l'a dit ! D'ailleurs elle fait exactement comme moi, elle essaye doucement de retirer ses mains et elle hoche la tête. La tête dit oui, les mains disent non.

— Il n'est pas si fort que cela. Quand il a raté son examen pour être électronicien dans la marine marchande ou quand il s'est fait virer de son boulot à Brighton, je ne l'ai jamais vu aussi drôle. Il arrivait presque à faire croire que c'étaient des titres de gloire qu'il avait planifiés. Mais moi, je sais bien qu'il ne dormait pas de la nuit.

— Allez, je vais t'apporter un magnétophone, la prochaine fois qu'il appelle tu enregistres tout. D'abord ça sera bien d'avoir quelque chose à donner à la BBC et tu verras, quand on le réécoutera ensemble, l'impression sera différente. Haut les cœurs ! Soyons dignes de lui !

Maman s'est levée très vite et elle est partie dans la cuisine faire du thé sans même remettre ses chaussures et Richard se tirait toujours les poils de barbe en se remettant à écrire.

Depuis le départ de papa, nous sommes abonnés au *Sunday Times*. Il est déposé tôt le matin dans la boîte aux lettres et s'il y a des articles sur la course, je peux les lire avant d'aller au collège. Ce matin il y en avait un en page des sports, très petit et noyé au milieu de résultats de cricket et d'histoires de triche à la boxe. Il était accompagné d'une photo un peu floue où il est avec sa casquette en toile qui lui donne un air de marin pêcheur.

« Des nouvelles de Peter March, le navigateur solitaire :

« Le marin anglais a enfin donné des nouvelles pour signaler une panne de groupe électrogène, qui handicape ses communications. Mis à part cette avarie, tout semble aller bien à bord de *Sailahead*, son trimaran, comme en témoigne sa remarquable progression depuis son départ. Il naviguerait actuellement dans les alizés, à proximité de l'équateur, a rapporté son agent R. Vaughan. Malgré l'incertitude sur sa position exacte il semble maintenir la moyenne la plus élevée de la flotte, ce qui donnerait raison aux tenants du multicoque. Le comité de course se dit très intéressé par sa performance et regrette de ne pouvoir le joindre plus facilement pour obtenir des détails sur sa navigation. »

C'est étrange de voir dans la presse des choses sur quelqu'un que l'on connaît. Ça paraît à la fois faux et vrai. Le journaliste raconte tout froidement, comme si c'était anodin, comme un footballeur qui a marqué un beau but. Je crois que la personne qui l'a écrit ne s'intéresse pas vraiment à lui. Elle ne décrit pas toutes les difficultés, le manque de sommeil, le froid, le mal aux mains, la peur, la nuit. Des fois, je voudrais être un peu à sa place pour me rendre compte si, moi aussi, je serais capable de faire des choses aussi difficiles. Je dors la fenêtre ouverte pour sentir le froid et le vent.

Hier je me suis cachée dans le cabanon où on met les géraniums l'hiver et les chaises de jardin et je me suis tapé les mains longtemps sur une pierre parce qu'il paraît que cela fait mal comme cela quand on tire toute la journée sur les cordages. C'était juste pour voir. Maman s'est aperçue que j'avais les mains toutes rouges et elle m'a fait avouer. Du coup elle était inquiète, elle m'a demandé si je faisais des cauchemars et si je voulais voir un psychologue.

J'ai regardé dans le dictionnaire. Au mot Alizé, ils disent : vent régulier soufflant toute l'année de l'est dans la partie orientale de l'Atlantique et du Pacifique entre 30 Nord et 30 Sud.

La définition m'a rassurée. Je sais qu'à cet endroit il fait chaud. De 30° Nord à 30° Sud, cela fait une grande distance où il sera tranquille.

Journal de Peter March

25 novembre

J'approche de l'alizé, la mer a pris une belle couleur violacée et les vents se sont orientés est-nord-est, réguliers, à part les grains en fin de nuit. Est-ce la douceur qui s'installe, le soleil qui chauffe agréablement, j'ai l'impression de mieux respirer, d'avoir vaincu ce stress qui m'épuisait. Je suis toujours à toute petite vitesse, pour ménager le bateau, et je n'ai rien pu faire pour résoudre mes problèmes, mais j'arrive mieux à contenir l'angoisse. Mon moral n'est-il fonction que de mon cerveau limbique, tel le pithécanthrope, indexé sur la température extérieure ?

J'ai passé encore des heures devant mes feuilles à faire des tas de calculs, envisagé une escale aux Canaries ou au cap Vert, mais j'aurais du mal à la faire passer inaperçue.

L'issue m'est apparue la nuit dernière, la seule qui me permette de sortir de la nasse. Elle est un peu risquée, mais je ne peux en imaginer une autre. J'ai à nouveau noté mes idées dans le cahier avec l'impression que de voir les mots écrits rendait l'idée plus cohérente.

1/ Je dois m'arrêter quelque part, pour réparer.

2/ Je ne peux pas me permettre d'arrêter la course maintenant, sans aucun résultat.

3/ Je dois donc faire quelque chose de TRES POSITIF, pour faire taire les critiques. Ensuite je pourrai, soit faire une escale discrète et me remettre en selle, soit abandonner avec les honneurs et remettre à l'année prochaine un record. Mes adversaires ne vont sûrement pas accomplir de réelles performances.

4/ La chose la plus simple à réaliser, c'est un record de vitesse, par exemple sur vingt-quatre heures.

5/ J'ai quelques jours devant moi pour préparer le bateau avant d'être au plus fort de l'alizé.

6/ Ces vents portants et stables seront du miel pour mon pauvre *Sailahead*. Même en mauvais état, un trimaran n'aura pas de difficultés à établir un temps dans ces conditions.

J'ai refermé plusieurs fois le cahier, je suis

monté sur le pont, j'ai grignoté un paquet de biscuits, bu une bière, et à chaque fois que je l'ai rouvert, je n'ai pas trouvé de faille à mon raisonnement. C'est difficile, quand on est seul, d'être pour soi-même l'avocat du diable. J'aurais bien aimé en discuter avec Alice, elle est spécialiste pour m'éviter de m'emballer, mais j'ai juste assez de batteries pour un bref coup de fil. Plus la journée s'est passée, plus les choses se sont organisées clairement dans ma tête. Maintenant je les écris avec sérénité.

Ce coup d'éclat me redonnera une marge de manœuvre. Je verrai bien d'ici quelques jours quelle décision je prendrai, mais au moins j'aurai l'esprit en paix, échappant à cette pression inhumaine de l'échec qui était en train de me faire devenir fou.

J'ai retrouvé de l'ardeur pour ranger le bateau toute la fin de l'après-midi. Ce soir, je me suis assis face au soleil qui chauffe encore en dégustant des crackers avec du beurre de cacahouètes. C'est mon en-cas favori, mais il faut en mettre une grosse couche pour que les dents s'enfoncent un peu dans le mou avant d'atteindre le croquant et que la pâte colle bien au palais. Surtout c'est énergétique et ça ne moisit pas comme la confiture. Plaisir suprême, personne ici ne va m'empêcher de manger la moitié du pot, si cela me chante. Je finis par me goinfrer. Mon idée de ce matin me séduit toujours autant et je ne sais pas si c'est la digestion heureuse mais il m'en vient d'autres.

Cette épreuve me fait progresser sur de multiples plans. Elle m'amène à modifier ma théorie du jeu, celle qui a toujours plus ou moins guidé ma vie. Les règles qui régissent l'existence ne sont pas à découvrir, comme on retournerait des cartes au hasard sur une table, mais à créer. Au fur et à mesure que l'on avance dans cette vie, il faut s'inventer ses propres règles, être un humain libre, affranchi de la dictature de la société. J'ai la chance d'avoir, grâce à cette course, un champ d'expérimentation. Je dois absolument profiter de ce moment unique. Je suis dans les conditions où la réalité peut se plier à ma volonté puisque je suis seul. Je peux être ici ou là-bas, selon ce que je déclare. Quand je dors ou quand je veille, c'est comme si je décidais de ce qui est le jour ou la nuit. Je dirige mes coques au cap qui me chante. C'est la part de divinité créatrice que nous portons tous, qui s'exprime en moi aujourd'hui. Cette idée m'a frappé. Je ne suis pas mystique, mais je crois en une force cosmique, communément dénommée Dieu. Il y a d'autres univers, parallèles au nôtre, que l'on entrevoit dans ce que l'on appelle le paranormal. D'ordinaire la réalité de la vie en société, empêtrée dans le carcan des habitudes, empêche l'exploration de ces univers sous peine de passer pour un fou. Ce voyage pourrait être l'occasion de les découvrir, de réfléchir à une nouvelle forme du vivre.

Créer consciemment son existence ! Fini le destin, je suis ce que je veux être ! Je suis la page blanche, comme cet horizon vide sur lequel tout peut s'écrire. Je sens maintenant cet environnement si particulier de la mer comme un lieu idéal d'expérimentation, une source de vie nouvelle.

Je regarde les nuages du soir envahissant le ciel, pourpres, orangés, violacés, éclatants de soleil. Ils sont la promesse de grains pour cette nuit. Il y a une réalité intangible de gouttelettes d'eau condensées sur un infime noyau de poussière. Pourtant ce matin, au même endroit, ils n'étaient pas, ou ils n'étaient que vapeurs invisibles. Quelle est leur réalité dans l'absolu ? Si je ne suis pas là pour les voir, existent-ils ? Et moi ? Ai-je aussi une réalité intangible ? Ou ne suis-je qu'un reflet dans le miroir des autres ? Je suis peut-être plusieurs en même temps. Celui qui dit des mots d'amour à Alice est-il le même que celui qui négocie un rabais sur une facture (cette idée me paraît offensante pour Alice !) ?

Est-il le même que celui qui en ce moment contemple les nuages de l'alizé ? N'est-ce pas le hasard d'une situation qui fait à un moment précis exister l'une des formes de ma vie, piochant dans un univers infini des possibles ? Dans un autre contexte, je pourrais être autre.

J'ai envie de méditer sur tous ces sujets. En échappant à la médiocrité des rapports humains qui m'obligeaient au conformisme et à la séduction, je sens que je me rapproche de mon moi fondamental. Ma vie d'avant m'apparaît pour ce qu'elle était : horrifiante. Une petite famille, dans une petite maison, dans une petite ville : aucun avenir. J'avais sûrement obscurément senti cela quand j'ai créé Sailahead, le club de théâtre, la fête du nautisme et même essayé de faire une liste municipale d'opposition, enfin n'importe quoi pour que cela bouge. Je n'ai réussi qu'à me faire prendre pour un touche-à-tout original. Je ne suis pas loin de penser que c'est une force externe, cosmique, qui m'a guidé vers la situation où je suis aujourd'hui. Ma capacité créatrice personnelle m'a désigné pour cette expérience. Je dois me montrer à la hauteur.

Après toutes ces réflexions, il fait totalement noir. La nuit est sans lune et il y a trop peu d'étoiles pour que leur clarté soit perceptible. A terre, c'est rarissime d'être dans une telle opacité, il y a toujours une lueur ou un réverbère. Ici, il faudrait quasiment que je me pince pour être sûr que mon corps est bien là. Le bateau trace sa route dans un néant, comme si le monde avait été effacé, prêt à être totalement recréé. Petit à petit je m'étais tassé dans le coin du cockpit pour me protéger de l'humidité qui monte, mais maintenant cette ambiance devient désagréable, presque menaçante, à moins que ça ne soit l'angoisse atavique de l'homme face à l'obscurité qui s'exprime. Je regagne l'intérieur avec soulagement et me calfeutre « chez moi » en fermant le capot de la descente. Ma petite bulle de tiédeur et de calme est rassurante. Seule la flamme de la bougie, pendant que je retranscris ces pensées, semble illustrer mon propos : petite lumière vacillante de la vérité dans un océan d'absurde. Si des extraterrestres surveillent la terre, ils seront attirés par ce petit point, physiquement si ténu, mais qui doit émettre une énergie folle : la mienne.

29 novembre

Aujourd'hui, j'ai décidé que c'était le jour du record. Le temps est somptueux. La mer est d'une couleur quasiment violette, semée de moutons inoffensifs. Les nuages s'emboîtent sagement, inclinés juste comme il faut et témoignent d'un alizé bien établi jusqu'en altitude de 20 à 25 nœuds. Une houle profonde et régulière devrait permettre des surfs paisibles. L'air est tiède, quasi voluptueux, je le sens qui s'attarde sur ma peau comme une vraie caresse, légèrement appuyée mais délicate. J'ai des frissons de plaisir, nu sur le pont.

Je vide soigneusement l'eau qui s'est à nouveau accumulée dans les coquerons qui fuient et établis toutes les voiles possibles avec la satisfaction d'un écolier sortant son matériel un jour de rentrée des classes. Cela me change agréablement des jours passés à écrire.

Faute de pilote efficace, porter toute la voilure m'oblige à barrer. Les trois premières heures sont un plaisir : placer le bateau juste sur la vague, sentir le vent accélérer sur mon visage, écouter le ronronnement des coques, guetter le paroxysme de la vitesse, percevoir le relâchement à la descente sur l'autre versant de la houle, l'apaisement passager. Les heures suivantes sont fastidieuses. Les sensations deviennent répétitives, qui plus est elles me plongent dans une torpeur mentale qui m'empêche de penser. Je crois que je m'ennuie. Le soleil devient tyrannique. La sueur s'accumule aux plis des coudes, de l'aine et des genoux, ma vieille barbe me gratte, la réverbération me pique les yeux. Barrer est une activité idiote, je mérite mieux que cela, mais dès que j'essaye d'interrompre, *Sailahead* perd son cap. Les minutes ont l'air de ralentir. Je cherche à feinter en égrenant les secondes à voix haute, mais je compte trop vite ou elles passent trop lentement.

C'est insupportable et idiot de s'obstiner. Je réduis la toile et quitte la barre, pour fusiller le soleil et constater mes progrès. Mon estime donne 8,6 nœuds, depuis que je barre ! En anticipant, cela représente 206,4 milles dans la journée. Je place sur la carte le point où je pourrais être demain à la même heure. Quelle belle et longue trace ! Voilà ce dont je suis capable. Ces dernières heures passées au gouvernail prouvent que je peux aller à cette vitesse. Est-il besoin de poursuivre un laborieux pensum ? J'ai mieux à faire.

Je me lance dans un difficile calcul à rebours : quelle serait la hauteur du soleil que je devrais mesurer au sextant, si j'atteignais cette position espérée au bout des treize heures qui me restent pour mon record ?

J'y passe l'après-midi mais, au final, les mathématiques c'est ma partie ! Je mets au point la méthode ! Désormais, je peux avancer la preuve de n'importe quelle position à n'importe quel moment ! Cela me procure une grande joie, j'ai l'impression de prendre mon destin physiquement en main. Mon regard erre sur la carte de l'Atlantique, imaginant ma progression ponctuée de petites croix largement espacées. C'est une vraie libération. Certains diraient que tout cela n'est qu'un fantasme, ce sont les mêmes qui sont empêtrés dans les règles, qui manquent d'imagination. Je dois vraiment avoir des dispositions personnelles, faire partie d'une sorte d'élite, capable de s'émanciper des conventions quand elles sont trop contraignantes. Tous les grands hommes ont plus ou moins fait cela. Il suffit d'oser.

30 novembre

Bon sommeil. *Sailahead*, sagement ralenti, ne m'a pas occasionné de soucis. Je déteste de plus en plus me réveiller au milieu de la nuit au bruit des voiles qui claquent et m'obligent à me lever tout ensuqué. C'est dangereux, je n'ai pas l'esprit clair, je pourrais facilement tomber à l'eau et cela me fait perdre le fil de mes rêves.

J'étais prêt à téléphoner pour révéler au monde entier ma performance, quand je me suis aperçu de la bourde de mon calcul d'hier.

J'ai pris comme point de départ de mon record ma position réelle, un peu au sud des Canaries. Il risque de paraître curieux qu'étant capable d'une telle vitesse, je ne sois que là. D'un autre côté, pour avoir pu bénéficier des alizés, je ne dois pas être plus loin que 5° Nord et c'est un problème car il en découle que j'aurais eu une vitesse moyenne de 3,75 nœuds depuis le départ. J'ai passé la matinée à cogiter. J'ai fini par trouver une position plausible et il m'est venu l'idée que j'aurais pu mettre en panne pendant plusieurs jours pour réparer les coques. Cela expliquerait que pendant longtemps je ne pouvais pas progresser normalement.

J'ai noté dans le livre de Chichester que son record de distance en vingt-quatre heures a été établi dans le Grand Sud avec 220 milles.

J'écris tout noir sur blanc pour ne pas m'embrouiller et j'appelle Richard. C'est plus sûr. Parler à Alice me fait perdre mes moyens.

Je l'entends littéralement sauter de joie quand je lui annonce le record. Il m'a paru correct de le fixer à 228 milles ; ni trop, ni trop peu. La conversation est plus facile que je ne le craignais. Je détaille les conditions de vent et de mer, les réactions très positives de *Sailahead*, les longs surfs dans la houle tiède. Je me sens lyrique. Je ne cache pas mes problèmes, au contraire puisqu'ils expliquent mon retard, mais il ne faut pas que j'aie l'air trop empoté, donc je tais les soucis de génois et de drisses et je m'appesantis sur les fissures dans les coques et la panne de groupe. Cela pourra justifier un abandon futur et j'assure avoir la situation sous contrôle. J'ai aussi établi un certain nombre de menus que j'aurais pu manger (en fait je suis très négligent de ce côté). J'ai inventé une recette de purée de poissons volants qui va faire rire. Je remercie la pharmacie Lonsley qui m'a donné des tubes de crème solaire, je parle de la Callas qui m'inspire et des couchers de soleil qui sont formidables.

C'est la dernière fois que je communique avec la terre, sauf si je réussis à réparer le groupe électrogène, il faut donc que je transmette le maximum de matière à Richard pour les médias.

Lui me donne des nouvelles des autres concurrents, qui ne sont pas mauvaises :

Fougeron s'est fait rouler par une déferlante au large de Capetown, où il s'est réfugié, mal en point.

En voilà donc un quatrième éliminé ! Comme prévu, cette épreuve ultime ne laisse pas de place aux amateurs et aux mous. Je me retrouve en bonne position sans avoir rien eu à faire. J'ai eu raison de ne pas forcer.

Celui qui m'étonne c'est Knox-Johnston. Il est à la hauteur de l'Australie. Je l'aurais vu parmi les premiers abandons avec sa boîte à sardines. Mais il lui reste encore un demi-tour à faire. Patience !

Les nouvelles de King et Tetley ne sont pas récentes. Ces deux-là m'inquiètent un peu. Ils ont de bons bateaux. Ma petite performance devrait leur saper le moral.

Finalement c'est Moitessier qui fait les meilleures moyennes, sans surprise. Il entre dans l'océan Indien. Je ne veux pas être méchant, mais une avarie arrangerait mes affaires.

Je sens que mon record va faire l'effet d'une bombe et relancer les spéculations. Au train que je mène, tout est possible. Je vais enfin être pris au sérieux.

Richard est ému, fier, je crois, de me parler. Sa voix a des intonations d'enfant ouvrant un cadeau de Noël. Lui procurer ce plaisir est stimulant. Je voudrais faire durer ces délicieuses minutes, mais la batterie doit faiblir, il m'entend de plus en plus mal, au milieu des craquements et des coupures. C'est très frustrant, j'ai l'impression qu'une porte se referme sur un paradis. Les mots me manquent, me fuient, je voudrais aller à l'essentiel avant de retomber dans le silence. Je cherche une réplique décisive qui lui ferait entrevoir toute la richesse de mes pensées de ces jours derniers. Je hurle :

— Tu sais je pense beaucoup !

Puis soudain, je ne sais pas ce qui me prend, une phrase se bouscule dans ma bouche sans que je le veuille et sort comme un torrent incontrôlable :

— C'est faux, c'est une blague ! Le record est une plaisanterie ! Je ne suis pas du tout là où je te l'ai dit ! Oh, tout va mal, tout va mal !

J'éclate en sanglots. Des spasmes me secouent si fort que je lâche le combiné. Une main brûlante m'écrase l'estomac, me coupe le souffle. Je n'ai jamais ressenti cela. Entre mes hoquets, j'entends très lointaine la voix de Richard :

— Peter... allô... Peter... je ne t'entends plus... allô... de quelle blague parles-tu ?... allô... allô....

Sa voix est cassée, on dirait un SOS, un naufragé en train de couler. Non, c'est moi le naufragé. Je me recroqueville sur ma couchette pour résister à la douleur. Ma tête va éclater.

Je ne sais pas si j'ai crié encore longtemps. Plus personne ne m'entend.

Je suis dans le noir ou presque. Le réverbère du bout de la rue donne une faible lumière, on pourrait croire que c'est la lune. Je suis contente d'avoir ma chambre à moi. Je peux y faire ce que je veux. L'année dernière, les parents me l'ont entièrement refaite. J'ai choisi le papier peint, bleu avec des nuages, j'ai l'impression de vivre au ciel. Le mur face au lit est entièrement couvert de posters. J'ai mis Cliff Richard, les Beatles dans un super concert où ils sont sur scène avec des fumées de toutes les couleurs. Il y a aussi *Sailahead* au moment du baptême avec tout le monde autour, des chevaux qui galopent dans la mer et un immense vol de flamants roses. Depuis Noël, j'ai un mange-disque. Je le cale à côté de l'oreiller le soir, pour mettre la musique doucement et que personne ne l'entende. C'est surtout *Lucy in the Sky with Diamonds* que j'écoute cent fois de suite. J'imagine que c'est papa « in a boat on the river with tangerine trees and marmalade skies [1] » et que c'est moi la fille aux yeux kaléidoscope. J'ai laissé la fenêtre grande ouverte et le froid me recroqueville sous les couvertures, mais j'aime cette idée qu'il n'y a pas de barrière entre papa et moi, juste de l'air. J'imagine mes pensées se poser sur le pont comme des plumes, voleter jusque dans la cabine et se lover contre son oreille.

Impossible de dormir. Je me suis relevée pour écrire à la lueur de ma lampe électrique. Maman n'a pas voulu que je téléphone à Kerry, elle a dit qu'il était trop tard. Mais je voudrais être tout de suite à demain pour lui raconter.

Richard est arrivé en trombe à l'heure du dîner. Il a les cheveux tellement longs maintenant qu'il se fait un catogan, ça le rend franchement moche. Il a attrapé maman par la taille et l'a bousculée dans une espèce de valse. Il chantait :

— Super, super, super, tout va bien ! Il est le meilleur...

Maman était déboussolée, elle tirait sur sa jupe d'une main et de l'autre essayait de le pousser à s'asseoir. Elle a piqué un vrai fou rire, sans doute parce que Richard était ridicule. Ça

1. Dans un bateau sur la rivière avec des arbres à mandarine et un ciel de confiture.

a duré un moment entre eux deux, ils en avaient les larmes aux yeux. Alex, Chris et moi aussi on s'est mis à rigoler, on voyait bien qu'il avait une grande nouvelle.

Richard, finalement, s'est affalé sur le canapé comme s'il venait de courir un 100 mètres et il a tout raconté. Il a parlé à papa plus de dix minutes.

Papa a établi un record hier ! 228 milles en vingt-quatre heures, ça fait plus de 400 kilomètres !! Jamais personne n'est allé aussi vite à la voile !

Maman lui a fait répéter trois fois tout ce que papa lui avait dit. Je crois qu'elle était un peu jalouse qu'il ne l'ait pas appelée, elle. Mais Richard lui a expliqué pour les batteries et comme quoi c'était sans doute un sacrifice qu'il avait fait en appelant d'abord pour la presse, qu'il avait sûrement essayé ensuite de l'appeler mais qu'il n'avait plus assez d'énergie. Je pense qu'il disait cela pour lui faire plaisir.

— Tu sais c'était frustrant. A la fin je n'entendais qu'un mot sur trois. Dommage, il voulait encore me raconter une blague, mais je n'ai rien compris. Il riait tellement fort qu'il avait l'air d'avoir le hoquet. Enfin l'essentiel c'est qu'on ait une position précise et surtout ce record. Tu te rends compte, ça va être une vraie bombe !

Maman n'arrive jamais à être vraiment contente, elle a toujours peur de quelque chose. Papa s'est toujours moqué d'elle pour cela, et ça n'a pas manqué encore cette fois. Elle a tamponné ses yeux parce qu'elle avait pleuré de rire, doucement pour que le rimmel ne fasse pas de trace, elle s'est rassise bien droite et a lissé sa jupe avec sa main. On aurait dit une petite fille.

— Mais quand même tous ces problèmes, de pilote automatique, de voiles, de moteur. Est-ce que tu crois qu'il va s'en tirer ? Cela ne fait qu'un mois qu'il est parti, alors qu'est-ce que ce sera dans le Grand Sud, là où personne ne pourra lui venir en aide ?

Richard ne s'est pas laissé démoraliser.

— Ecoute, on verra, moi je lui fais complètement confiance. Ça ne doit pas aller si mal pour qu'il fonce à cette vitesse ! Il t'a promis d'être prudent et, au pire, il peut encore s'arrêter en Afrique du Sud. Allez, s'il me fait encore un ou deux records comme celui-là, même s'il abandonne, ça sera avec les honneurs de la guerre.

Ils ont décroché du mur le grand routier de l'Atlantique pour y porter la position. Le petit point paraissait irréel, perdu tout au milieu de la carte. C'est idiot, mais c'est là que j'ai vraiment réalisé qu'il n'était plus dans notre monde, qu'il était hors d'atteinte. Il faisait complètement partie de la carte, comme l'une de ces îles aux noms étranges.

Maman et Richard ont fait plein de calculs pour voir à quelle date il allait pouvoir revenir. Je ne suis pas superstitieuse, mais je n'aime pas cela. Il a encore tellement de chemin à parcourir, j'ai peur que cela lui porte la poisse.

Je ne sais pas ce que Richard a raconté dans son communiqué, mais le surlendemain, il y avait deux articles. Celui du *Daily Telegraph* je l'ai affiché au-dessus de mon bureau. Il était dans la page qui s'intitule « faits et dits » où il y a les nouvelles plus importantes qu'en page des sports. Le titre c'était : « Formidable record de vitesse pour Peter March ! » Ensuite il y avait toute la description de ces fameuses vingt-quatre heures, comment papa avait réussi à aller aussi vite, à lutter contre la fatigue pour barrer en pensant à nous. Là, j'ai trouvé que le journaliste était vraiment bien et je me demande si je ne pourrais pas faire cela comme métier. Ça serait vraiment drôle que ce soit moi qui interviewe papa, plus tard.

L'article du *Sunday Times*, par contre, était bizarre et m'a mise en colère :

« Enfin des nouvelles précises du navigateur Peter March.

« Joignant son équipe à terre par radio, le marin, engagé dans un tour du monde en solitaire, a indiqué avoir battu le record de vitesse en vingt-quatre heures à la voile en effectuant 228 milles. Les positions jusqu'à présent communiquées par March étaient trop imprécises pour calculer une moyenne et le comité de course s'est déclaré satisfait d'avoir enfin un point de référence. Interrogé sur cette performance, Chichester, le précédent détenteur du record, a déclaré : “Si cette distance est homologuée au vu des calculs précis de son livre de bord, elle est à saluer. Toutefois je m'interroge sur la contradiction entre la moyenne générale de 3,7 nœuds que l'on peut calculer d'après sa position et cette soudaine accélération. Espérons que March pourra rapidement dépanner son groupe électrogène pour fournir des détails...” »

Ce Chichester, quel jaloux ! Il est furieux que papa soit allé plus vite que lui. Je suis très déçue, car je pensais qu'un navigateur comme lui ne pouvait pas être aussi mauvais joueur. On dirait en plus que le journaliste est de son avis. Pourquoi dit-il : « a indiqué avoir battu », comme si ce n'était pas sûr ?

Le soir, Sylvinas a téléphoné. Le comité de course lui a demandé plein de détails sur les performances de *Sailahead* et sur tous les systèmes qu'ils ont inventés. Ils ont dit qu'ils connaissaient les conditions météorologiques précises parce qu'il y a des cargos qui circulent avec des appareils enregistreurs et qu'ils voulaient recouper cela avec le potentiel du bateau. Lui, il n'est pas étonné du record, mais inquiet pour les coques. Il ne voit pas très bien ce qui a cassé. Même si papa a dit qu'il avait réparé pendant deux jours et que ça allait mieux maintenant, Sylvinas n'en dort plus.

En tout cas l'affaire a fait du bruit au collège. Pendant la récréation, je vais toujours avec Kerry, Samantha, Sally et des fois Mary Ann, au fond de la cour, près de la grille, sauf s'il pleut. On peut surveiller ce qui se passe sur la place, tout en discutant. Quand ça sonne, on n'a plus le droit de parler, mais on peut encore faire un peu traîner pour retraverser et aller se mettre dans le rang. Là, on était en train de discuter de Yoko Ono qui met la pagaille chez les Beatles et il paraît qu'elle va épouser John. Sally l'imitait en marchant avec sa jupe relevée. C'était vraiment drôle. C'est là que le proviseur est venu à ma rencontre :

— Alors, mademoiselle March, votre père fait des étincelles. Très bien ! Je crois que vous suivez tout cela avec vos enseignants... très bien, très bien... cet homme est un exemple, Dieu sait que nous en avons besoin par les temps qui courent !

Il avait une tête de matou satisfait avec les poils qui lui sortent des oreilles.

Tout le monde m'a encore regardée. Mais ça n'était plus si agréable qu'au début. Ça cassait l'ambiance et je n'ai pas envie d'être une chouchoute.

Journal de Peter March

20 décembre, je crois.

Cela fait un temps fou que je n'ai rien écrit. Errance. Je ne sais pas quoi faire. La navigation ne m'intéresse plus. *Sailahead* doit être lentement porté vers le sud, cela n'a plus d'importance. Je ne sais pas quoi faire.

Autre versant de ma vie, nouvelle vie qui commence, comment qualifier ce que je suis depuis trois semaines. Peut-être rien, peut-être l'aube de tout.

J'ai eu si mal. J'ai gardé longtemps le combiné contre mon ventre, comme un cordon ombilical. Aucune voix ne voulait plus en sortir, aucun réconfort. Seul, si seul sur cet océan absurde. Je crie. La seule réponse est le clapotis obsédant de l'eau contre la coque, gargouillis de ce ventre mou de la mer, qui cherche à m'enliser, à m'absorber.

L'absurdité de la situation me poursuit. Personne ne va croire à ce record, personne ne peut me croire. Les voix inquisitrices me vrillent la tête.

D'ailleurs à quoi bon ? Je n'ai rien à prouver, je suis au-dessus de cela, l'expérience que je vis, je le vois bien, n'est pas audible. Je sens qu'une maturation indicible est à l'œuvre, je reste en mer, dans le cocon protecteur de ma solitude océanique, pour qu'émerge l'être nouveau qui se moque de ces défis de bas étage.

J'écris beaucoup, surtout la nuit quand l'obscurité me protège. Je hais les millions d'étoiles de ces cieux tropicaux, je n'aime que la lumière folâtre de ma bougie. Elle ressemble à mon esprit, éclairant furtivement des territoires inconnus, feu follet solitaire.

Quand l'aube verdit et blanchit les nuages, je sors. C'est un répit. Je me concentre sur cette modification imperceptible des couleurs qui de la nuit fera le jour. Les incertitudes s'estompent, l'horizon se précise, net, animé du seul balancement de la houle. J'y vois une renaissance. Les vieilles histoires et les peurs nocturnes s'effacent comme de l'ardoise magique de mes enfants. Je m'efforce à capter le secret de cette résurrection. Si je le maîtrise, si je deviens capable de susciter délibérément cet état de grâce, rien ne s'opposera à ce que je le mette en œuvre quand je voudrai. Je pourrai effacer les dernières semaines et reprendre à zéro cette aventure si mal engagée.

Je n'ai plus aucune motivation, je ne suis plus en course. Dans cette zone tropicale, je n'ai pas de tempête à redouter, de toute façon j'ai laissé si peu de toile que je ne risque rien. Je suis en permanence sous pilote automatique et il a de plus en plus de jeu. Son grincement rythmique est devenu un marqueur sonore de l'état de la houle. S'il couine vraiment trop fort, j'affale la grand-voile. Comme je ne sais pas trop où aller, je ne me suis pas préoccupé de ma route. Le pilote est réglé pour rester à 80° du vent parce que c'est l'allure la plus confortable. Du coup les variations de l'alizé m'entraînent à un cap ou un autre, mais grosso modo vers le sud.

Dès que le soleil est un peu monté, il me torture et je déteste cette mer d'un bleu idiot. Tout le monde chante béatement les bienfaits de l'alizé, moi je le trouve débilitant. Cet océan n'a aucune fierté, il ne pose aucun problème. Je peux y abandonner *Sailahead* à son sort et il porte le bateau avec une indifférence exaspérante. Si j'avais eu à lutter, à être plus concentré, les choses auraient peut-être tourné différemment. Au fond de moi je regrette ce qui s'est passé depuis le départ, il aurait été facile de rester dans le rang et de faire « banalement » mon tour du monde. Ce qui m'arrive me fait parfois peur et j'hésite encore à plonger dans l'introspection définitive vers laquelle je me sens poussé et qui me fera renaître ou mourir.

J'ai pris en horreur de regarder la mer. Maintenant, je vois bien les yeux, ces yeux sournois de la mer. Je les vois agglutinés comme des paquets de chairs éviscérées, gluants, injectés, me fixant avec mépris. C'est affreux, terrifiant, ils me reprochent de ne pas jouer le jeu, le bon jeu, le même que tout le monde à terre. Ils me promettent la déchéance, m'assurent que je ne peux pas leur échapper, que je suis seul. A tel point que je n'ose pas sortir, même pour faire mes besoins. J'utilise le seau et j'attends le soir pour le vider en espérant qu'il ne se renverse pas dans la cabine.

Je passe la journée, ensuqué et ensommeillé, immobile sur ma couchette. A l'intérieur règne un miasme, mélange de nourriture pourrie, de sueur, de plastique encore trop frais et parfois du seau, qui enfle avec la chaleur et me poursuit jusque dans mes rêves. De temps à autre, un souffle plus fort ranime le bateau, une faible brise pénètre par le capot avant et me baigne délicieusement. Pendant quelques instants, je suis au paradis. Puis tout retombe.

Je ne sors pas tant que les yeux sont visibles, je mange de moins en moins. Je n'ai plus de beurre de cacahouètes et les crackers commencent à être mous. Je n'ai pas la patience de faire chauffer de l'eau pour faire du riz ou des pâtes alors j'ouvre une conserve. Mais froid, c'est immangeable.

Au début je me suis escrimé sur le moteur. Peine perdue ! L'eau de mer a dû pénétrer dans les pistons, il n'y a rien à faire. Maintenant il gît au centre de la cabine, éventré et figé comme un soldat mort au front.

Au coucher du soleil, il y a un autre moment où je me sens mieux. Le ciel devient orangé, la lourdeur de ma tête disparaît. Quand les nuages virent au sanguin, puis au mauve, je deviens léger. La nuit n'apporte pas que la fraîcheur, c'est un sang nouveau dans mes veines. Les yeux de la mer ont disparu et je peux ressortir goûter l'odeur minérale et iodée de l'océan. S'il y a un peu de lune, le pont du bateau fait une tache claire délimitant mon royaume, mon jardin secret, un espace à moi où personne ne vient m'embêter. Je me sens heureux de cette intimité, quand au même moment la planète fonce dans l'univers obscur et infini. Aux dernières lueurs, je rentre travailler. Je note beaucoup de choses dans mon cahier, celui que j'ai inauguré avec mes deux listes.

J'ai encore pas mal de piles, j'écoute la radio. Beaucoup la BBC mais parfois les radios espagnoles, italiennes ou françaises, bien que je ne parle pas ces langues. C'est doux d'entendre le son d'une voix. Les phrases se posent ou s'envolent, les mots chantent. J'ai beaucoup souffert de n'avoir aucun écho quand je parlais à voix haute, au début du voyage, j'ai fini par me taire. Mais là, je peux à nouveau parler, même si la radio ne semble pas tenir compte de ce que je dis. Je retranscris certaines choses de ce que j'entends, quand c'est en anglais. Des expressions, des phrases ou des pensées me frappent, parfois seulement des mots comme l'autre jour : escarboucle ou caparaçonné. C'était dans une émission sur le Moyen Age qui n'avait aucun intérêt, mais ces mots-là étaient si beaux qu'il ne fallait pas les laisser mourir. C'est un jeu, mais qui sait si quelque chose ne s'y révélera pas ?

Je passe du temps à calculer la position où je pourrais être en tenant compte du potentiel de *Sailahead.* J'aime ce rituel, maintenant que j'en maîtrise la formule. Je note dans le livre de bord (le vrai) les hauteurs de soleil que j'aurais dû observer le matin et l'après-midi. Je marque une position sur la carte. J'en suis à 27° Sud. Je remplis ensuite les colonnes des conditions météorologiques, du loch, des manœuvres et j'invente quelques anecdotes pour la journée. C'est très amusant, j'ai l'impression d'écrire un roman, mais cela doit être sérieusement fait car tout doit concorder. Si je signale une avarie, il faut que je pense à la réparer quelques jours plus tard et pendant ce temps-là, je me fais avancer un peu moins vite.

J'essaye d'humaniser le texte car j'ai remarqué que cela manque souvent dans les récits de mer qui, du coup, deviennent inintéressants pour les gens qui ne sont pas des spécialistes. Je décris mes états d'âme devant l'océan et le ciel. Je parle des poissons volants, d'un petit oiseau qui aurait pu venir se reposer sur le pont et de la tristesse que j'aurais eue à le voir repartir et se noyer. J'ai aussi eu l'idée de donner un nom à ma grand-voile (Gertrude), à mon génois (Coco) et à mon pilote automatique (Bar... parce que Bar barre...) et j'écris de petits dialogues entre nous qui sont très drôles.

13 janvier (cette fois-ci j'en suis sûr, et j'ai fait le point)

Je me suis décidé à faire une escale. C'est indispensable car je risque de manquer d'eau. J'ai été trop négligent pour récupérer la pluie qui tombe dans les voiles. J'avais imaginé un bon système avec un tuyau coupé qui courait le long de la bôme et se déversait dans un seau à l'extrémité. Sauf qu'il aurait fallu que je porte plus de toile pour augmenter le ruissellement et que je sorte sous les grains pour vidanger le seau. Or j'ai manqué de temps et je devais la priorité à l'écriture. De plus, les fissures s'allongent dans les deux coquerons, je peux presque passer un doigt par la fente. J'ai longuement cogité sur l'endroit. Cet arrêt doit être discret pour ne pas hypothéquer l'avenir. Je n'arrive pas à voir clairement l'issue de ce voyage, sans doute ma réflexion n'est pas mûre. Finalement j'ai trouvé en Argentine « Bahia Desolada » ! Tout un programme, mais qui me ressemble et le nom même m'a attiré. Le mouillage est bien protégé depuis le sud-ouest jusqu'au nord et il y a un phare qui va faciliter le repérage. Sur la carte, on voit une route qui provient, 40 kilomètres plus loin, de la petite ville de Rawson. Il n'y a pas l'air d'y avoir de village dans la baie. La discrétion semble donc assurée. En ménageant le bateau, cela prendra un bon mois. Cette perspective me met de bonne humeur, j'ai un mois de vacances, avant de prendre une décision quelconque. Le temps est toujours clément et je me suis mis à lire. Je me délecte de pouvoir commencer une lecture le soir en sachant que rien ne me troublera jusqu'au matin. J'ai peu de livres et je les relis plusieurs fois chacun. C'est bizarre comme on se souvient peu des phrases ni même de l'histoire, mais surtout d'une ambiance. Je m'applique sur chaque mot pour faire durer le plaisir et je les dis souvent à voix haute. Ils finissent par avoir une étrange sonorité et je leur imagine un double sens, une sorte de cryptolangage qui me serait destiné au-delà d'un récit futile. Je recopie les mots qui me plaisent dans mon cahier, et j'essaye de faire des phrases avec, au hasard :

« Blêmes enfants concourent au galop » ; « ouïr l'hiver en trébuchant »...

Aucun sens n'apparaît, mais il faut persévérer.

17 février

La falaise est lentement montée à l'horizon. D'abord apparaît une ligne bistre, puis une paroi d'un gris sombre, très austère, avec le crayon blanc du phare planté en haut comme un mirage. Je me sens très excité et en même temps j'ai peur. J'ai fait des cauchemars ces jours derniers. Je voyais des visages cruels qui hurlaient dans une langue que je ne comprenais pas. Ces gens faisaient des grands gestes et je m'apercevais que c'était pour me prévenir que l'ancre ne tenait pas et que le bateau était emporté vers les rochers. Il s'y brisait et je me retrouvais seul sur un territoire inconnu. J'ai failli plusieurs fois faire demi-tour, mais je suis fatigué d'être en mer, j'ai besoin de ce havre. Le ciel est gris, il souffle 20 nœuds de nord qui blanchissent une mer d'un vert Véronèse étrange, sans doute dû au brassage par les courants près de la côte, qui mettent du sable en suspension.

Je donne un large tour à la pointe et, bien que la baie soit abritée des vagues, j'y rentre péniblement en tirant des bords. Il y a longtemps que je n'ai pas autant manœuvré, que je n'ai pas eu d'activité physique, tout simplement. Je ruisselle de sueur, autant à cause de l'effort que d'angoisse. Finalement je réussis à mouiller dans le recoin au pied du phare. Je suis fier de moi. Voiles affalées, je reste assis sur le roof, écoutant les drisses claquer, laissant retomber l'anxiété, je contemple mon domaine. La plage forme un pur arc de cercle puis se perd en collines basses. Pas de sable, rien que des galets s'élevant jusqu'à cinq ou six mètres, ce qui suffit à protéger le bateau. Fermant la baie, une pointe rocheuse monte à une vingtaine de mètres et porte le phare. Seule au premier plan, une bâtisse abandonnée, visiblement brûlée, pousse des chicots noirâtres, puis une plaine d'herbes jaunes ébouriffées par le vent. C'est tout. C'est la Patagonie du Nord. Ce dénuement me plaît. J'y ai le sentiment d'une correspondance avec mon esprit qu'une longue solitude a rendu vierge.

Je dois me forcer à gréer l'annexe pour me faire connaître du gardien de phare avant qu'il ne se pose trop de questions.

A l'arrivée sur la grève le vertige me saisit. J'aimerais que ce soit le mal de terre, je partirais comme un marin heureux, repu de mer, chaloupant vers des bras tarifés. Mon malaise est plus mental. Je ne sais plus ce que je faisais en mer, j'ignore ce que je fais ici. Personne ne m'attend et je n'espère personne. Le vide que je côtoyais au large sans m'en rendre compte me saute brusquement au visage. J'ai le pas lourd sur la caillasse.

Une route en terre amène à la butte du phare. A son pied, trois arbres poussiéreux veillent sur du matériel de pêche usagé : perches aux drapeaux délavés, bouées crevées et plaques de filet.

En haut, l'homme m'attend devant la porte ouverte, tel que j'imaginais le Sud-Américain : petit, large face, cheveux et moustache sombres, jeans et polo déchiré, béret noir. Il a pauvre allure, mais ses épaules rejetées en arrière, son infime sourire vissé au coin des lèvres, son immobilité en me laissant approcher, lui donnent plutôt l'air d'un roitelet attendant son affidé.

Bien sûr il s'appelle José. Tous les Argentins s'appellent José. Derrière lui Eugenia, tout aussi caricaturale, boulotte habillée de noir, a déjà mis à chauffer l'eau du maté. Le dernier humain est un adolescent bizarrement rouquin qui me dévore des yeux : Vittorio.

Le rez-de-chaussée du phare est une vaste pièce à vivre, meublée de vieilleries bon marché autour d'un poêle central éteint. Deux buffets et trois étagères sont chargés de bibelots ignobles : vierges en plastique aux yeux éplorés, visages d'enfants dans de cadres dorés, tête de vache sculptée sur un bois en forme d'écusson et provision de calendriers. Tout est méticuleusement propre.

La conversation est ardue. Je ne parle pas espagnol et José baragouine trois mots d'anglais. Je réussis à lui dire que j'arrive de Punta del Este, le grand port du Nord, il n'aura ainsi pas l'idée de me signaler à la douane ou l'immigration. En fait, je crois qu'il s'en fiche, je perçois qu'il se sent gardien de la mer et des bateaux, pas des hommes. Je suis un marin, pas un citoyen anglais sans tampon sur son passeport. Je dessine longuement pour lui faire comprendre l'avarie que j'ai à réparer et il me semble saisir que, de temps à autre, des pêcheurs font escale ici et qu'une camionnette leur apporte des vivres et du matériel. J'aurais donc un véhicule pour aller à la ville.

Pendant nos laborieux échanges, je m'initie à la pipe à maté. Ils rient de me voir aspirer maladroitement le liquide amer. Le rire : ce bruit de gorge qui signe une connivence, je l'avais oublié, moi qui suis censé rire en permanence ! Quelque chose remue au fond de moi, une sorte de bien-être, un relâchement.

Nous dialoguons avec prudence, chacun

pose un mot à son tour, le répète, le mime. Dès qu'il croit avoir compris, José part dans une grande tirade à l'adresse des deux autres.

Par la fenêtre, le soir devient mauve. Ils m'invitent à souper, mais c'est assez. J'ai fait le plein d'êtres humains pour aujourd'hui. Comme un assoiffé, je dois me réhydrater progressivement.

Je rentre à bord. J'ai dormi d'une traite.

18 février

La camionnette ne doit pas venir avant dix jours, au moment des mortes-eaux.

Je pars battre la campagne. Le paysage est immuable : herbes couchées par le vent, collines molles appelant à être dépassées, quelques cornes de vaches s'agitent. De loin on croit voir de vrais arbres, mais ils s'abaissent quand on s'en rapproche, finissant en petits buissons où je me blottis pour me reposer. En trois mois, j'ai perdu l'habitude de la marche, je me fatigue vite. Mais je goûte la sensation de ma hanche qui bouge, de mon genou qui plie, des cailloux qui me réveillent la plante des pieds à travers la semelle. Comme en retrouvant le rire, ces sensations basiques me redonnent une forme d'humanité. Je repars de zéro. La mer m'a lavé, elle a effacé de moi tous les repères, les règles, les dogmes. Arpentant la grande plaine, je me sens être humain unique et je sais que j'ai de belles choses à faire.

Mes pas m'ont conduit à un lac mort, une vaste étendue de sel qui craque sous ma botte et s'effondre en quelques centimètres de saumure. En faisant le tour, j'ai fait une macabre découverte. Le squelette desséché d'un guanaco. C'est une femelle. Entre ses pattes gît son petit, miniature morbide de l'adulte. Cette découverte, je ne sais pourquoi, me stupéfie. J'imagine l'animal mourant de soif, attiré par le mirage de la blancheur du sel. Je ressens son affolement, l'impasse où la met cette eau imbuvable quand la vie s'agite dans son ventre. Peut-être était-elle là par hasard, quand la naissance s'est annoncée ? Son corps arqué, le cou gracile rejeté vers le dos prouvent une souffrance désespérée. Une attaque de renards attirés par le sang ? La simple malchance statistique d'une naissance difficile ?

La vie et la mort aussi visiblement rapprochées m'émeuvent plus que je ne peux l'écrire. J'ai même envisagé de donner une sépulture à la bête abandonnée, mais la terre est trop dure. J'en veux à Dieu de s'occuper si mal de ses créatures. Cette pauvre guanaco n'avait d'autre solution que de jouer le jeu pour lequel elle était conditionnée et cela l'a menée à la mort avant qu'elle ait pu remplir sa mission de reproduction. C'est absurde comme une programmation informatique incapable de détecter un bug. Dieu me déçoit. L'homme, doué d'une vraie intelligence, pourrait-il faire mieux ? Un homme, au moins, pourrait-il proposer autre chose, une autre piste que cet arbitraire du vivant ?

Si j'avais la solution à ce problème, je ne serais pas là, à errer en terre inconnue, j'aurais brisé les règles qui pour l'instant me conduisent tout droit au même échec.

Tous les vendredis, le *Sunday Times* fait le point sur la course. Robin Knox-Johnston a été vu au sud de la Nouvelle-Zélande, il s'est même échoué en essayant de s'approcher pour donner des nouvelles, mais il a pu repartir. Le Français Moitessier est dans le Pacifique. J'aime bien ce qu'il écrit. Il parle de la paix, du bonheur de naviguer, du vol des albatros, ou de la conversation qu'il a avec son bateau. C'est beaucoup plus poétique que les messages de Nigel Tetley. Lui n'a rien d'autre à dire que commenter ce qu'il mange et la musique qu'il écoute, il donne l'impression de faire une croisière pépère. Celui que je préfère c'est Bill King, je lui trouve une bonne tête et papa pensait que sa jonque était très intéressante. Apparemment il est déçu par sa vitesse, il dit que cela ne l'intéresse pas de faire de la figuration et qu'il n'est pas là pour contempler le ciel.

Mais concernant papa : RIEN DEPUIS TROIS MOIS !

C'est l'angoisse, à la maison. Maman fait comme si la vie était normale, mais je vois bien qu'elle mange moins. Elle ne se fait plus les ongles, elle reste au lit le dimanche matin et elle ne veut pas que les garçons la rejoignent, comme avant, pour chahuter, parce que je crois qu'elle pleure. Cela fait deux mois que nous ne sommes pas allés faire des courses au Tricorne, pourtant je sais qu'elle aime cela, c'est très moderne, on peut se garer à l'intérieur et aller sans se mouiller dans toutes les boutiques. Maintenant, elle est obsédée par les économies. Elle ne dit jamais rien de la course, elle me traite comme une petite fille et elle baisse la voix au téléphone quand elle parle avec Richard.

Je ne peux discuter qu'avec Chris et Alex. Ils m'ont souvent énervée. Ce sont des garçons et comme d'habitude rien ne les intéresse que le foot. Mais là, ils sont aussi perdus que moi, ils ont peur aussi et n'osent pas questionner maman. J'ai inventé un jeu pour eux, c'est « si j'étais papa ». On fait semblant d'être lui, sur le bateau ; on voit des baleines, on affronte la tempête, on prend des ris, on fait la cuisine sur le camping-gaz. Du coup ils ne pensent pas qu'il peut être mort. J'ai aussi mis à la mode le jeu de la superstition. On fait un pari idiot du genre « Combien faut-il de pas pour aller jusqu'à la fenêtre ». Si on gagne c'est qu'il va bien. Il faut faire une série de dix paris par jour et avoir au moins cinq « tout va bien » pour être sûr que sa journée à lui s'est bien passée. C'est moi qui valide les défis et je triche toujours un peu pour que ça marche.

Je déteste que les gens fassent des tas d'interprétations sur ce qui lui arrive avec un faux entrain, alors qu'ils n'y connaissent rien.

— Il doit être ici, ou là-bas, à telle vitesse, il a dû réparer ses flotteurs en faisant comme ci ou comme ça...

Si j'essaye de dire que j'ai peur, j'ai droit à des phrases toutes faites :

— Allons ma chérie, ne t'inquiète pas, s'il a un problème, il va s'arrêter....

Ou la variante : « On le saurait forcément... »

Et pourquoi on le saurait ? Si la vague de mon cauchemar a réellement submergé le bateau, le faisant couler instantanément, comment le savoir ? S'il a été pris au piège dans sa couchette, s'il s'est débattu, la bouche pleine d'eau pour s'extraire du bateau ? Si peu à peu, sous l'effet de l'océan glacé, ses forces l'ont abandonné et que son cadavre flotte maintenant entre deux eaux, proie des albatros et des poissons ? Je me suis renseignée. Les noyés sont tout gonflés et leur peau toute fripée. Je ne veux pas le voir comme cela, mais c'est encore pire de ne rien savoir. Tout à coup il se serait évanoui, pfuitt !!

Est-ce que ça va durer longtemps comme cela ? Y aura-t-il l'anniversaire de son départ ? Un premier anniversaire, puis un deuxième, un troisième avec à chaque fois de moins en moins de monde pour s'en souvenir et puis encore de bonnes paroles : « il faut continuer à vivre », « il aurait aimé que tu travailles bien »... Tous ces trucs qu'on dit dans les films.

Finalement, je me demande à quoi cela sert qu'il soit un héros. C'est bien pour lui, mais ça nous fait beaucoup de soucis et des problèmes d'argent.

Parfois je lui en veux de nous avoir abandonnés. Il n'a pas pensé à nous. J'ai honte, mais je lui en veux.

J'aimerais aussi savoir pourquoi il a voulu partir. C'était quand même une idée bizarre, il avait un travail, notre famille, maman qui l'aime. Elle dit que c'est sa nature d'être créateur, qu'il a toujours cherché à aller de l'avant et n'a jamais eu peur de rien. C'est pour cela qu'il rit tout le temps et qu'il a créé son entreprise et le club de badminton, celui de théâtre et organisé la fête de la mer et plein d'autres choses encore. Il est très intelligent, elle dit même visionnaire, mais ici à Portsmouth, ce ne sont pas des qualités qui sont très appréciées. Ça le tracassait. En fait, il étouffait de ne pas faire de grandes choses, un peu comme moi au collège, il rongeait son frein.

— Mais toi, maman, tu trouves que c'était une bonne idée ?

Nous étions toutes les deux dans la cuisine. Elle s'est immobilisée, les mains dans la pâte à tarte, comme si elle réfléchissait à cela pour la première fois.

— Au début, non, je n'étais pas d'accord pour qu'il parte. C'est tellement risqué, j'avais peur. Mais, tu sais, il ne le fait ni pour la gloire, ni pour l'argent. C'est sa façon à lui d'exister, même si c'est un peu... disons, désespéré, comme façon.

Elle s'est remise à pétrir.

— Allez, de toute manière, c'était impossible de lui faire changer d'avis. Alors ça ne sert à rien d'en discuter.

Les soirs où il y a des lectures publiques à la bibliothèque, mamie Té vient nous garder.

C'est énervant, on pourrait très bien se débrouiller tout seuls. Chris adore faire les sandwichs avec plein de goûts bizarres et c'est super drôle de mélanger le viandox avec le jambon et la gelée de framboises ! Avec mamie Té, c'est soupe aux brocolis ou chou-fleur ! Ensuite il faut que je lui montre mes devoirs, mes notes comme si elle était ma mère et l'autre jour elle voulait même m'apprendre à tricoter !

Je n'ai pas non plus le droit d'aller écouter de la musique dans ma chambre, alors je lui ai raconté ce qu'on faisait en classe pour suivre la course, je croyais que cela l'intéresserait.

Elle a pincé les lèvres et pris un air excédé :

— Oh ! ton père, si tu veux savoir ce que j'en pense ! C'est un velléitaire, voilà tout !

Après son départ je suis allée vérifier dans le dictionnaire.

Velléitaire : qui n'a qu'un commencement de volonté, qui est incapable de réaliser son action !

— Je te le dis, il s'est encore mis une faribole en tête avec cette course, mais j'espère pour nous tous qu'il va bientôt arrêter. En fait j'en suis sûre. Tu sais, ton père est fort pour faire des projets, s'enthousiasmer, embobiner tout son monde avec son bagout, mais ça ne va jamais très loin. Des études de ci, des études de ça, jamais terminées, le concours de la marine marchande raté, renvoyé de son travail à Brighton, mais c'est comme s'il l'avait fait exprès. Il plaisante de tout. A l'écouter il avait mieux à faire que s'ennuyer à étudier, la marine marchande aurait été un travail détestable et c'est lui qui aurait démissionné de Brighton ! Il a toujours une bonne excuse. C'est l'échec, mais hop ! Il invente autre chose ! Enfin ! – elle a poussé un gros soupir – ton père c'est un vrai chat, il retombe toujours sur ses pattes, en tout cas jusqu'à présent. Je me demande bien ce qu'il va nous trouver de pire la prochaine fois.

Je l'ai laissée parler, je sentais la colère monter en moi. Comme elle est méchante ! Qu'est-ce qu'il lui a fait ? S'il réussit c'est sûr qu'elle va faire la maligne en disant que c'est son gendre.

C'est la première fois que je l'entends dire des choses pareilles. Jusqu'à maintenant elle avait plutôt l'air dans notre camp. Tout à coup, elle était intarissable.

— Et cette course ! quel foutoir ! Ça rime à quoi de jouer à se poursuivre d'un bout à l'autre de la planète à la voile ? Il n'y a pas mieux à faire ? Travailler honnêtement ! Quand je pense que pour cela il vous laisse quasiment sans ressources avec la demi-paye de ta mère et la maison hypothéquée. Son trimaran ! Tout le monde dit bien que ça ne peut pas faire un tour du monde, un engin pareil ! Je me demande comment il va se tirer de ce guêpier...

Elle s'est arrêtée quand Chris est entré dans le salon. Heureusement, je crois que j'allais me mettre à crier. Cette nuit j'ai pensé longtemps avant de m'endormir. Et si elle avait raison ?

J'ai profité de la fin de l'après-midi, quand Chris est à la chorale, Alex au judo et maman pas encore rentrée de la bibliothèque, pour aller fouiller dans l'armoire des parents. Elle occupe tout un pan de mur. Il y a le côté avec les rayonnages et leurs vêtements et le côté avec les portes coulissantes qui donne sur la penderie. C'est là, par terre, dans le fond, que je sais qu'ils entassent les albums de photos et des piles de papiers. J'aurais bien voulu trouver une sorte de journal comme le mien qui me révèle qui est papa exactement. Il y a une grosse chemise cartonnée avec un mélange de lettres, de photos, des relevés de banque, des factures, ses cartes de membre du club de théâtre. Plusieurs choses concernent *Sailahead* : des schémas, des listes, des calculs et c'est là que j'ai trouvé l'enveloppe en kraft sur laquelle il était écrit : Pour Alice, si je ne reviens pas.

J'ai eu juste le temps de la mettre sous mon pull et de la monter dans ma chambre quand j'ai entendu grincer la porte d'entrée.

En la lisant, j'ai compris qu'il l'avait mise là pour que maman ne la trouve que si elle se mettait à ranger toute cette pile. Elle ne le fait jamais normalement car c'est sa pile à lui. Si cela se produit c'est qu'il sera arrivé une catastrophe. En fait j'ai longtemps hésité à l'ouvrir, mais elle n'était pas cachetée. Je crois que j'ai été punie de ma curiosité, ce que j'ai lu m'a fait vraiment peur. Elle a été écrite dix jours avant son départ :

> Alice, mon amour,
>
> Si tu feuillettes ce classeur, c'est que tu dois être en train de trier mes papiers comme on le fait de ceux d'un disparu. A cette heure, donc, j'ai vraisemblablement perdu mon pari, ma course et sans doute ma vie. Je veux te dire en premier mon amour et ma gratitude infinie pour ta présence à mes côtés. Depuis que je t'ai rencontrée, tu as enchanté mes jours et mes nuits. Je n'ai aimé que toi. J'ai honte de t'avoir si peu rendue heureuse, d'avoir accumulé les difficultés matérielles. J'ai honte de mon égoïsme quand tu as tant sacrifié pour moi. J'ai peur qu'à cette

lecture tu n'en viennes à me détester, pire, à me mépriser.

Malgré tes encouragements de ce matin, je le vois bien, cette aventure tourne au fiasco. Le bateau n'est pas prêt, il s'en faut de beaucoup. Je l'ai à peine testé, l'ordinateur n'est qu'une théorie et la décision de courir en multicoque est une folie. Tu m'as dit que je broyais du noir parce que j'étais épuisé, mais il me semble, au contraire, que c'est maintenant que je suis clairvoyant. Je n'arriverai jamais à faire ce tour du monde et je ne suis même plus sûr d'en avoir envie. Sauf que je ne peux plus me dédire, j'ai engagé trop de gens et trop d'argent. Ma décision de partir, je m'en rends compte, était une forme de l'énergie du désespoir. Je suis profondément inadapté à cette vie, à ce pays, je n'y réussirai jamais. Tout n'est allé pour moi que d'échec en échec et si tu n'avais pas été là, avec les enfants, j'aurais craqué plus tôt.

Rien ne sert de chercher à savoir pourquoi, il n'y a pas de raisons.

J'ai cru que cette course pouvait me sauver et il m'arrive d'y croire encore. J'ai mis toute ma volonté et même au-delà dans cette dernière bataille.

Je me suis acharné à convaincre tout le monde de me soutenir, mais je me sens maintenant accablé sous le poids du rêve de tous ces gens. Je n'ai pas la force de le porter.

Financièrement, je dois t'avouer, si la banque ne t'a pas déjà contactée, que je suis aussi allé au-delà de la ligne rouge parce que j'étais dos au mur. Pardonne-moi, si tu le peux. J'ai contracté un emprunt de 5 000 livres (le montant du prix), gagé sur les terres que ton père t'a léguées. J'ai fait cela il y a deux mois, quand j'ai vu que l'argent de Roger et Charles ne suffirait pas. Ne pas terminer le bateau aurait été dramatique. Je reconnais que j'ai anticipé ton refus et j'ai imité ta signature sur les papiers du prêt. Tu m'as longtemps dit que nous n'avions pas les moyens de cette aventure. Tu avais raison, mais je n'avais plus le choix. Ne me juge pas, je t'en supplie. J'ai encore l'espoir, au moment où j'écris, que le destin me sourira enfin et que tout s'arrangera.

Je prie le ciel pour que, si le pire se produisait, tu ne retiennes de moi que la bonne part, celle qui te faisait rire, dont tu disais qu'elle te faisait paraître la vie plus légère.

Quand tu liras ces lignes, pense au moins que j'aurai essayé de garder jusqu'au bout la tête haute. Je t'en fais ici le serment, je jetterai toutes mes forces dans ce combat. J'ai bien conscience que je ne peux revenir que victorieux. Je ne supporterais pas de t'imposer une catastrophe. Je mourrais plutôt que de te voir pleurer.

Ma chérie, je te l'avoue, j'ai peur. Ma marge de réussite est si faible.

Sache que, quoi qu'il soit arrivé, j'aurais eu ton nom sur les lèvres à chaque instant.

Les mots ne diront jamais assez mon amour.

Que Dieu et toutes les forces de la vie te bénissent et protègent Eva, Chris et Alex.

Ton Peter

Je n'arrive pas à croire ce que je lis. Cela ne ressemble tellement pas à papa. Il a toujours été si enthousiaste, énergique. Est-ce possible qu'une personne soit deux choses si différentes à la fois ? Il a écrit cette lettre à un moment où il n'avait pas le moral, avec tous ces soucis à la fin de la préparation. Sauf qu'il ne donne plus de nouvelles depuis trois mois et tout à coup j'ai très peur, encore plus qu'avant.

D'abord j'ai pensé descendre tout raconter à maman. Mais je n'ai pas envie de lui dire que j'ai lu cette lettre. Elle serait furieuse. Je crois aussi que ça reviendrait à trahir papa. Il dit bien qu'elle doit la trouver seulement si elle range ses affaires parce qu'il a disparu. Il a sûrement pensé la déchirer s'il rentre. Ça me fait penser au moment où il voyait les yeux de la mer. Il y a des choses qui sont des secrets, uniquement entre lui et moi. Je fais la promesse de ne rien révéler, à personne.

JOURNAL DE PETER MARCH

20 mars

Un mois déjà. La vie coule doucement et un peu de fouling commence à apparaître sur les coques qui somnolent à Bahia Desolada. Je vais bien. Je me sens renaître après ces derniers mois tourmentés. Aux mortes-eaux d'il y a quinze jours, six bateaux de pêche ont envahi la baie. Une camionnette déglinguée est venue prendre le poisson et apporter de la nourriture. Ils n'ont pas ainsi à s'éloigner des lieux de pêche. C'étaient de petits bateaux de 8 à 10 mètres, bariolés de couleurs vives. « Santa Maria de je ne sais quoi », « Jésus de machin chouette »... Les marins étaient hirsutes, un peu crasseux dans leurs pulls mal ravaudés. Rien ne les intéresse que la mer. Ils sont tout de suite venus à bord, offrir du poisson. José a fait les présentations le soir au cours du grand *asado* qui a réuni tout le monde. Je m'y suis senti bien, joyeux, intégré à cette bande qui dévorait la viande à pleines mains. Le jus marron coule sur le menton et jusqu'à la chemise. Les chiens, il y en a souvent à bord, se disputent les tripes. Les bouteilles en plastique de Gato Negro circulent de mains en main. On se claque dans le dos, on tire sur la pipe de maté. C'est le rituel du repos après un mois de travail, une existence évidente, sans questions, sans choix. Je la leur envie.

Cristian, le chauffeur, m'a emmené en ville. C'est le Far West ici. A l'embouchure de la rivière Chubut, une vilaine jetée abrite un quai peu fréquenté et quelques hangars. Des magasins façon années 30 bordent une avenue principale à peine goudronnée, et quelques perpendiculaires partent à l'assaut d'une colline râpée. Beaucoup de maisons sont encore en bois, d'autres en parpaing non peintes. Tout a l'air posé là dans le désordre, pour parer à l'urgence. L'impression n'est pas reluisante, mais pas mauvaise non plus. Ces gens vivent à l'abri de tous les tumultes, au rythme des petits cargos qui emmènent les bêtes sur pied et apportent en vrac des canapés, des cuisinières et les sempiternelles fleurs en plastique qui forment toute la décoration. Mes 500 dollars m'ont largement permis d'acheter du contreplaqué, des vis et un petit groupe électrogène d'occasion que Cristian m'a dégotté chez un cousin. Je l'ai emmené se gaver de pizza pour le remercier et nous avons un peu bu. Avant de prendre la route du retour il m'a demandé en riant si je voulais « tchik tchik ». Je ne parle toujours pas espagnol mais le geste ne laissait aucun doute. J'ai fait non en mimant l'alliance que je ne porte jamais en mer. Il a haussé les épaules. Tout le chemin du retour, j'ai pensé à Alice. Pourquoi ne pas la faire venir ici avec les enfants, avoir une vie saine et sans façon, monter un petit commerce ou un hôtel, se faire oublier ?

La semaine suivante j'ai réparé *Sailahead* avec l'aide de Vitorrio, le fils du gardien de phare. Le gamin est astucieux et ravi d'échapper à la monotonie. Tout le fascine à bord. Il touche les voiles, les winchs, les matériels de navigation avec dévotion, comme si c'étaient les clés du paradis. Il est aussi malicieux et bien que nous nous comprenions encore mal, il n'est pas rare que nous éclations de rire. Comme c'est bon !

Nous avons débarqué le moteur hors d'usage et installé le nouveau directement dans la cabine pour qu'il soit à l'abri, même si ce sera carrément plus bruyant. La réparation des flotteurs est quasiment entièrement l'œuvre de Vittorio. Il est plus mince que moi pour se glisser dans les coques et, sur mes directives, il a adroitement réussi une reprise sur l'ancien bordé, collée et vissée sur toute la longueur. Le bateau a l'air d'un boxeur couvert de cicatrices, mais l'ensemble sera solide.

Je l'entraîne souvent dans mes promenades. Il a en lui l'atavisme de l'éleveur et aime me conduire vers les troupeaux. Il n'a pas son pareil pour repérer les cornes qui dépassent à peine de l'horizon et me presser de sa grande foulée sèche. Nous parlons peu, il prend au sérieux son rôle d'initiateur et me désigne du doigt un lézard, une crotte de renard ou des empreintes de nandu, cette sorte d'autruche locale. Marcher sans but m'hypnotise. Un pas devant l'autre, je ne pense à rien qu'au bruit de mes bottes et à la poussée du vent sur mon visage. Ce néant me protège. Au bout de trois ou quatre heures, nous rentrons boire un café à bord. Il a découvert le Nescafé et me dit qu'il en raffole. Je le laisse allumer le réchaud et surveiller la bouilloire. Je sais que c'est pour lui la récompense pour m'avoir accompagné dans ce qui lui paraît sûrement une vaine activité. Nous nous sourions.

Je prends goût à aller dîner au phare et je me laisse de plus en plus faire s'il me tire par la manche quand je le débarque à terre. Je ne suis plus un étranger pour José et Eugenia. Je n'ai plus besoin de tenter une conversation. Je suis là. Quand elle me voit monter entre les buissons poussiéreux, Eugenia rajoute un couvert et je m'installe comme à la maison. José me montre parfois quelque chose qu'il a vu dans un magazine, une voiture de course, un footballeur, mais souvent nous dînons en silence, avec juste le vent incessant de Patagonie qui siffle aux fenêtres. Puis nous sirotons lentement le maté. C'est souvent là que José essaye de m'apprendre l'espagnol. Il me désigne les objets en répétant leur nom plusieurs fois et s'amuse de ma prononciation. Ces rituels terminés, avant qu'il fasse nuit, je regagne le bord. Jamais ils ne m'ont demandé quand je comptais repartir. Ils m'ont intégré dans leur univers, comme la mer, les collines et les bateaux qui passent.

Les soirs où je ne dîne pas au phare sont plus sombres. L'avenir me rattrape. Je ne sais toujours pas ce que je vais faire. Une conclusion va bien finir par s'imposer à mon cerveau. Pour l'instant je me sens encore extraordinairement fatigué et cette routine de vie me permet de reprendre des forces. Maintenant que j'ai le petit groupe électrogène, j'ai la tentation d'appeler Alice pour tout lui dire. Heureusement, avec le décalage horaire je sais que le soir, il est plus de minuit à la maison. J'imagine l'horreur de la sonnerie déchirant l'obscurité, comme le cri d'un oiseau de malheur. Je n'ose pas. D'ailleurs je ne sais pas vraiment quoi lui dire.

Je m'allonge dans le noir, je n'ai pas faim. Je rêve de notre vie ici, tous les cinq. Nous pourrions acheter quelques centaines d'hectares et un troupeau. La terre ne coûte rien. J'embaucherais Vittorio pour s'en occuper. Je pense à monter un atelier de conserve de poisson. Alice aimera le diriger, j'en suis sûr.

Quand je tourne en rond, j'allume la radio. J'ai plusieurs fois essayé d'écouter les stations sud-africaines ou australiennes pour me mettre dans l'ambiance puisque je devrais logiquement être dans l'océan Indien maintenant. Il faudrait que je puisse capter des bulletins météo, mais la propagation est exécrable, je n'entends que des sifflements.

30 mars

L'automne s'enracine. Cette semaine, il y a eu une forte tempête et même à l'abri de sa dune de caillasse, *Sailahead* a rappelé durement sur son mouillage pendant deux jours. Je n'ai pas fermé l'œil et pas osé aller à terre, au cas où l'ancre chasserait. Cet épisode m'a replongé dans la fragilité de ma situation, l'urgence d'y trouver un dénouement. Le bateau est réparé, mais je répugne à partir. D'un autre côté, je ne peux pas rester tout l'hiver dans cet abri de fortune. Si je me réfugie à Rawson, je serai vite rattrapé par la curiosité des autorités.

Le vent est devenu subitement piquant de froid depuis la tempête. Je sors moins et l'enfermement dans mon petit carré humide me pèse. Je me suis remis à la construction de l'ordinateur, mais je n'ai plus la conviction du début. Dans le détail c'est plus complexe qu'il n'y paraissait et je ne suis pas sûr de pouvoir un jour le faire fonctionner.

Les cauchemars ont refait leur apparition. La nuit dernière j'ai rêvé du guanaco mort. Je passais à côté et le squelette se relevait et se mettait à rire en claquant bruyamment de ses dents restantes. Une phrase me résonnait dans la tête :

« Tu as mal joué, tu as perdu, maintenant il faut payer ! »

4 avril

J'ai décidé. Je repars. Je pense que j'étais mûr pour cette décision, mais c'est la BBC qui m'a convaincu. J'ai gardé mon habitude d'écouter n'importe quelle radio étrangère, mais les hasards du tuning m'ont amené sur la BBC hier en fin de journée. Il y avait une émission spéciale à propos de Robin Knox-Johnston qui va gagner le Golden Globe !

Il doit arriver la semaine prochaine. De quel bois est donc fait ce type ? Réussir à faire un tour du monde sur sa barcasse de 9 mètres avec laquelle je n'aurais pas voulu traverser la Manche !

Et s'il avait triché, lui aussi ? Cela m'a fait rire d'imaginer qu'il pourrait gagner le prix du premier revenu et moi celui du tour le plus rapide et que tout cela serait de la pure invention. Mais non ! Il a été aperçu en Nouvelle-Zélande. Et si moi on me voyait aussi ? A force de rester là, les pêcheurs ou Cristian vont finir par bavarder à Rawson. Toute ma tranquillité vole soudainement en éclats. J'ai éprouvé le besoin de sortir sur le pont, de scruter les ténèbres. Rien. Les éclats du phare accrochent les murs de la ruine et, en haut de la dune, on n'entrevoit que les herbes qui ondulent. Rien ni personne. Juste quelques grognements venant de la colonie d'éléphants de mer au loin et le cri solitaire d'un cormoran. Je ne sens plus de paix dans ce paysage, mais une menace.

La radio en rajoute sur Robin, héros de la Navy. J'ai droit à tout : ses parents, ses amis et même ses vieux instructeurs militaires chantant ses louanges, expliquant que, depuis toujours, ils avaient perçu l'être d'exception. Un commentateur soi-disant marin explique comment il a réussi à réparer son pilote automatique, comment... blabla insignifiant de ceux qui veulent être sur la photo. Je hais tous ces opportunistes.

Le commodore du Yacht Club détaille les festivités de son arrivée : les bateaux de guerre qui iront à sa rencontre, les centaines de petits drapeaux anglais que l'on a achetés en hâte, les enfants des écoles qui répètent une chanson. Toute cette dégoulinade de bons sentiments est écœurante, pourtant je n'arrive pas à éteindre le poste. Son histoire est aussi la mienne. Est-ce que je n'ai pas autant de droits que lui à la reconnaissance publique ? Est-ce que je n'ai pas souffert moi aussi ? Est-ce que, si je n'avais pas été obligé de m'arrêter, je ne serais pas sur ses talons, voire devant ?

Je vois la jetée de Portsmouth avec une immense banderole « Portsmouth souhaite la bienvenue à Peter March », il y a des milliers d'embarcations sur l'eau, des gens qui sourient, des cornes de brume, des fumigènes. Deux gros croiseurs de la Marine m'encadrent pour me protéger, les hommes sont au garde-à-vous en ligne sur le pont. J'ai parlé avec l'amiral à la radio. « Bien joué Peter, nous sommes fiers de vous. »

Alice, Eva, Chris, Alex, mes chéris sont tout près sur une vedette prêtée par la Couronne !

Ils pleurent, rient, s'embrassent. Je voudrais les serrer dans mes bras, mais je dois d'abord passer la ligne officielle d'arrivée. Avec eux j'aperçois Richard, Roger, Charles, Sylvinas, Craig, Tom... Oh, comme je suis heureux ! Voyez ce que j'ai fait de notre bateau ! Comme vous avez eu raison de croire en moi ! Mes yeux s'emplissent de larmes, les larmes du bonheur. Haut les cœurs ! Un héros ne pleure pas.

La voix plus posée du présentateur principal a pris le relais.

— Et pendant ce temps-là, où sont les autres concurrents : Moitessier approche du cap Horn ; le Frenchy et son *Joshua* avalent les milles avec une régularité de métronome, plus de 6 nœuds de moyenne, quasiment pas de problèmes à bord. Même s'il en avait, on aurait peu de chance de le savoir. Les rares messages qu'il a envoyés en les catapultant avec son lance-pierres sur le pont des cargos qu'il croise ne sont que des dissertations lyriques sur l'harmonie de l'homme et de la nature, et des photos de ses séances de yoga, assis en tailleur dans le cockpit. Le prix du plus rapide ne devrait pas lui échapper car son poursuivant immédiat, Nigel Tetley, est à près de deux semaines de distance. Ce dernier étonne son monde, peu de gens auraient parié sur un trimaran dans les mers du Sud. Mais, à part une grosse frayeur quand le bateau a été couché par une déferlante, tout semble désespérément normal, voire ennuyeux à bord. Il appelle régulièrement sa femme et lui communique, comme d'habitude, ses menus et la musique qu'il écoute !

La voix du speaker remonte un peu et vibre d'un léger trémolo.

— La surprise, la grande surprise, viendra peut-être de celui dont on ignore tout depuis trois mois : Peter March. Notre compatriote handicapé par son groupe électrogène ne peut pas communiquer, mais les dernières nouvelles avaient fait état d'une impressionnante progression et même d'un record de vitesse en vingt-quatre heures. S'il a pu guider son trimaran sans encombre, comme Tetley, il pourrait aujourd'hui talonner Moitessier et même relancer le suspense. Quel triomphe si notre pays remportait les deux trophées !...

Je peux faire cela. Je peux créer la surprise. Il me suffit de sortir de mon trou. J'ai même une meilleure idée, soyons sport, je vais aller vers le sud à la rencontre de Moitessier et je ferai demi-tour à sa hauteur. Il y aura une vraie belle régate et l'occasion pour *Sailahead* de prouver sa valeur, de tâter des mers du Sud et pour moi d'avoir des choses à raconter. L'idée me galvanise, je ne peux plus attendre. La nuit se passe en préparatifs : remettre les voiles à poste, graisser les winchs, démêler les écoutes. Je travaille à la lueur d'une presque pleine lune qui argente la baie. Le vent, toujours moins fort la nuit, laisse entendre les vagues qui chuintent sur les galets, comme un grand cœur qui battrait doucement. Je suis en phase, je retrouve naturellement mes gestes de marin, j'ai plaisir au toucher rugueux des cordages, je me sens à nouveau en connivence avec la mer. Bahia Desolada était ma chrysalide et je sors subitement de ma mue, papillon tout neuf, plein d'énergie pour croquer le monde.

Je n'ai dormi que deux heures, avant l'aube. J'ai remonté l'ancre en chantant dans la pénombre. L'odeur de la vase et du varech qui s'accrochent aux maillons, le claquement de la chaîne qui retombe sur le pont me rappellent mes premières navigations de jeune homme. Comme autrefois, je me sens le roi du monde.

Je n'ai pas le temps de dire au revoir à ceux du phare. Je passe devant au petit jour. Comment Vitorrio l'a-t-il deviné ? Il sort en courant vers la pointe, escalade les rochers jusqu'au dernier. Il crie, fait des grands signes et, jusqu'à ce que je le perde à l'horizon, je le vois là, tourné vers le large et mon bateau qui s'éloigne.

J'ai remis la lettre à sa place. J'ai fait beaucoup de cauchemars, en imaginant que papa va se suicider. Mais ça ne change rien, je garde le secret. Maman me dit que j'ai mauvaise mine et maintenant elle me donne pour dormir du sirop au théralène qui ne fait pas beaucoup d'effets.

Robin Knox-Johnston est arrivé hier. Il y a eu une fête énorme et une émission spéciale à la télévision, le soir. Nous avons un poste depuis un an et demi et d'habitude nous n'avons le droit de la regarder que le jeudi après-midi (et encore, s'il fait beau, il faut sortir s'aérer). Mais là c'était une exception et tout le monde était venu : Richard, Sylvinas, Roger, Charles et deux voisins d'en face qui n'ont pas de télé. Personne ne parlait, hypnotisé par l'écran, juste un petit merci quand maman amenait des sandwichs au concombre et à l'anis. Papa peut encore gagner le prix du plus rapide, même si

Robin a eu celui du premier revenu. Mais il semble que cela ne sera plus pareil. Les présentateurs ne parlent que du « premier qui... ». On croyait que c'était impossible de faire un tour du monde seul sans escale et ça serait instantanément devenu banal parce que quelqu'un l'a fait. La difficulté serait moins grande pour les suivants. Ils ne mériteraient pas autant de félicitations. Je trouve cela très injuste. Le speaker a à peine parlé des autres :

« Des marins restent en course, dont le prochain à arriver sera sans doute le Français Moitessier, à moins que Peter March, dont on est sans nouvelles... »

A ce moment-là le téléphone a sonné et on a tous sauté en l'air en pensant que, par une sorte de transmission de pensée, c'était papa qui appelait. Maman s'est précipitée, mais c'était un journaliste qui voulait savoir si on avait des informations. Maman était tellement émue qu'elle s'est mise à pleurer et Richard a repris le téléphone. Apparemment son interlocuteur pensait que l'on savait des choses qu'on ne voulait pas dire. Plusieurs fois Richard a répété :

— Mais non, nous n'avons aucune nouvelle... pourquoi les cacherions-nous ?...

Il a raccroché en grommelant que les journalistes étaient des enfoirés (oui il a dit ça !) qui étaient prêts à inventer n'importe quoi pour vendre leur journal.

— Ils s'imaginent qu'on sait où il est mais qu'il est tellement en retard qu'on n'ose pas le dire.

A la fin de l'émission tout le monde a continué à se taire. Les voisins ont remis leurs imperméables et embrassé maman en murmurant comme les gens le font aux condoléances d'un enterrement chic, comme celui de grand-père. Les autres n'avaient pas l'air pressés de partir, Sylvinas avait amené du brandy, et il restait du gâteau aux noix.

Maman est montée coucher Alex et Chris, elle avait encore des larmes dans les yeux. Je suis restée dans le salon. Ils avaient leur façon à eux de jouer à « si j'étais papa ». Ils imaginaient comment il pouvait continuer à naviguer avec ses avaries, de combien cela avait pu le ralentir. Le ton a commencé à monter quand Charles a dit que c'était incroyable que l'on puisse construire un bateau dont les coques se fissurent après quinze jours de navigation. Sylvinas se dandinait sur le canapé, son verre à la main. Il avait l'air gêné :

— Nous avons refait tous les calculs avec Stew, franchement, je ne vois pas. A moins qu'il n'ait heurté quelque chose.

— Et il ne s'en serait pas aperçu ? En tout cas

s'il y a eu un vice de construction, j'espère que le chantier est bien assuré. Ne pas gagner la course, c'est une chose, mais au final, j'ai la désagréable impression d'avoir financé un laboratoire flottant et pas un bateau.

— N'exagérez pas ! – Sylvinas a avalé son verre cul sec – Il n'y a pas eu d'impasses sur la sécurité. Mais pour espérer gagner, il fallait bien aller de l'avant.

Il y a eu un grand silence où on entendait juste la voix de maman à l'étage. On aurait cru qu'ils étaient tous en train de bouder.

Richard a dit que toutes les pièces détachées du groupe électrogène avaient été oubliées dans le container, au départ. C'est Roger, cette fois, qui a froncé les sourcils :

— Et voilà, comme les tuyaux pour gonfler l'airbag, c'est bien la peine... Enfin, ça ne m'étonne pas, avec le foutoir de cette préparation !

Richard s'est rendu compte qu'il avait dit une bêtise et a essayé de couper court :

— Allez Roger, souvenez-vous qu'on a tous fait ce que l'on a pu. Nous avons une part de responsabilité, nous avons préparé cette aventure, avec lui. Vous savez, j'y pense tous les jours.

— Eh bien, moi, je me demande tous les

jours si la vraie responsabilité n'aurait pas été de l'empêcher de partir !

Il dit cela maintenant, mais à l'époque, il était super enthousiaste. De toute façon, maman l'a dit, personne n'aurait empêché papa de partir.

Charles a allumé sa pipe. Il a eu un petit sourire.

— Dis donc, Richard, il n'y aurait pas moyen de sauver un peu les meubles. Un bon coup de pub sur *Sailahead* en ce moment, ça réglerait une partie du problème. L'atelier est plein d'anémomètres et de speedomètres et si on travaillait bien maintenant, le résultat de la course deviendrait secondaire. Tu ne pourrais pas nous pondre un bon communiqué ?

Son sourire s'élargissait.

— Après tout il l'a fait, ce record de vitesse. On pourrait faire monter la pression en laissant entendre qu'on a une surprise et que son électronique y est pour quelque chose. Enfin tu vois....

— Tu es fou ! On ne sait même pas où il est. Imagine qu'il ne revienne pas.

— Justement....

Sylvinas s'est levé brusquement et avec ses grandes jambes a failli renverser la table basse. Richard a secoué la tête.

— Bon, on ferait mieux d'aller se coucher.

Je les ai raccompagnés quand ils ont mis leurs manteaux, comme le fait maman. Du coup j'ai entendu Roger et Charles, dans l'allée du jardin :

— Si cela tourne mal, il faudra protéger les enfants...

— Bien sûr, bien sûr, mais il y aura aussi d'autres problèmes. On a pas mal d'argent dehors tous les deux, avec cette histoire. Non ? Tu sais que j'ai raison pour Sailahead, je ne donne pas cher de nos actions. Dans ce cas-là il ne restera que la maison et je n'aimerais pas avoir ce genre de décision à prendre...

Après ils se sont trop éloignés. Ils ont continué à parler un moment près de leurs voitures.

Personne n'est au courant que papa a emprunté de l'argent en plus. On va vraiment devenir pauvres s'il ne revient pas. J'imagine ce que cela doit être quand on ne peut plus acheter ce que l'on veut. Je suis rentrée en courant et si maman avait été là, je lui aurais tout dit.

Mais elle n'était pas redescendue. Elle doit faire un câlin à Chris, qui fait des cauchemars lui aussi et qui crie la nuit. J'ai fermé les portes et les volets, et mis le couvert du petit déjeuner, comme elle le fait toujours : les tasses à fleurs, la théière, son capuchon, l'œuf à thé, les assiettes et les couverts pour les beans et les bols pour les corn-flakes. Tout était bien aligné et cela donnait une impression rassurante. Dans deux ans, j'aurai seize ans, je pourrai travailler. J'aimerais tenir un restaurant. Ça serait très moderne avec les couverts en inox et les assiettes de toutes les couleurs qu'ils vendent au Tricorne. Je pourrais gagner de l'argent pour qu'on ne vende pas la maison.

C'est dur à dire, à des moments, j'oublie papa, même son visage devient flou dans mon esprit. Le seul souvenir intact c'est son rire. C'est si peu. Est-ce que c'est tout ce que quelqu'un laisse sur la terre : le bruit d'un rire ? On se souvient très peu des gens qui ont vécu avant vous, à part des grands artistes, des savants, des hommes politiques. Les autres auraient très bien pu ne pas exister. Dans les cimetières, il n'y a que des dates et des noms. Même moi, je ne sais presque rien de mes arrière-grands-parents, la tête qu'ils avaient, qui ils étaient vraiment. C'est peut-être cela que papa espère. S'il est célèbre on se souviendra de lui pour toujours.

Pour ne pas l'oublier, je suis retournée chercher les photos de lui, dans l'armoire. Sur la plus ancienne il doit avoir cinq ans, il a l'air mignon, un peu polisson, alors que ses parents ont des visages sévères. On voit qu'elle a été faite chez un photographe professionnel, en studio. Ils sont debout tous les trois. En arrière-plan, il y a une sorte de guéridon avec un tissu à ramages et un vase avec des fleurs énormes que je ne connais pas et qui me font penser que la photo a été faite quand ils habitaient encore en Inde. Chaque parent pose la main sur l'une de ses épaules, comme pour l'empêcher de s'envoler ! Lui, il est un peu dépeigné. Peut-être vient-il de courir et il regarde de côté avec un sourire quelque chose qui a l'air de lui plaire, au lieu de fixer l'objectif.

Il y en a une autre, où il doit avoir sept ou huit ans. Il est sur les genoux de sa mère. Il a un papier encore dans les mains, un cadeau qu'il vient de déballer. C'est la seule photo où il ne sourit pas. Ils se regardent avec une immense tendresse mais ils sont graves. Est-ce qu'ils sont déjà revenus en Angleterre après l'indépendance de l'Inde ? Est-ce qu'ils ont déjà fait faillite, comme maman me l'a raconté ? Je sais qu'ils sont rentrés quand il avait à peu près cet âge-là. Il m'a expliqué qu'au début il n'aimait pas du tout ce pays, il le trouvait triste et froid. Les gens n'avaient pas d'imagination à côté des Indiens qui ont inventé des dieux et des déesses qui sont aussi des animaux.

Ensuite, dans l'album, il y a beaucoup de

photos où il doit avoir vingt ans, en compagnie de filles et de garçons, à la plage, en bateau ou en costume militaire. Il a dû bien s'amuser à ce moment-là. Il rit tout le temps, fait des grimaces, des oreilles de lapin avec ses doigts derrière la tête des autres. Je le trouve très beau. Je suis sûre que toutes ces filles étaient amoureuses de lui.

Après, bien sûr il y a les photos avec maman et puis moi, bébé. Finalement je n'ai pas appris grand-chose, sauf que je pense qu'il y a un secret entre papa et sa mère, un secret un peu triste.

Journal de Peter March

15 avril

Dix jours de mer, déjà. Dure navigation. Je fais route en direction des îles Malouines où je devrais me remettre au niveau de Moitessier. J'ai longuement réfléchi. Ce n'est pas très prudent de gagner la course. Un vainqueur est très exposé. Il lui faut inlassablement raconter sa navigation, son livre de bord est scruté par des yeux experts, voire inquisiteurs. Second ou troisième, je conserve la gloire de l'avoir fait, en attirant moins l'attention. Je garde aussi la possibilité de repartir l'année prochaine et de battre le record. C'est bien tentant.

J'ai retrouvé la routine de la mer, en plus froid et glauque que précédemment. L'hiver s'installe. Il fait à peine quelques degrés dehors, le ciel et l'océan rivalisent de gris. Je m'applique à bien manœuvrer. Je me sens motivé comme je ne l'ai jamais été pendant cette course. J'ai recommencé à noter mes réglages de voiles et, s'il le faut, je sors en pleine nuit pour prendre ou larguer un ris. J'y vais avec entrain, malgré l'onglée.

J'ai aussi largement de quoi m'occuper à la table à cartes. Il faut que je reconstruise entièrement mon itinéraire. Je m'en veux de ne pas avoir mieux capté les radios sud-africaines et australiennes à Bahia Desolada, j'aurais eu des éléments faisant référence à de vraies conditions météorologiques. J'ai bien les Pilot's Charts qui donnent des moyennes de vent et de hauteur de houle, mois par mois. Mais ce sont des statistiques, obtenues en synthétisant les livres de bord des anciens trois-mâts. Là, il me faut des données précises et surtout qui puissent soutenir une vérification. Je passe donc maintenant beaucoup de temps à l'écoute des fréquences de Melbourne, Auckland et Puerto Montt au Chili. La cabine résonne des craquements et des crachotis des hautes fréquences. Conjugué aux bruits de l'eau contre la coque et du vent dans le gréement, cela rend l'ambiance très étrange. Je pourrais aussi bien être dans l'espace, ou sur une autre planète. Peu à peu je fais mon tour du monde de papier, au gré de dépressions inventées et d'avaries imaginaires.

Je travaille au scénario de très longues heures. Il faut qu'il y ait du rythme, de l'action, mais pas trop non plus, que l'on sente la grande solitude et la monotonie des jours en mer. Relire Chichester, Slocum ou Vito Dumas alimente mon travail d'anecdotes que je recompose et d'expressions toutes faites. A ce propos je m'aperçois de la pauvreté de langage de mes prédécesseurs, toujours les mêmes mots, rien que du verbiage technique. Sans me vanter, je crois que mon récit est infiniment plus vivant. La réalité ne serait pas meilleure.

J'en suis presque à passer le cap Horn et j'ai un vrai plaisir à feuilleter ce livre de bord où s'alignent sagement les caps, les directions de vent, les calculs astronomiques et milles petits événements. J'ai parachevé le travail en froissant et en mouillant quelques pages d'eau de mer et même de café, pour donner une impression de vécu. Il ne me reste plus qu'à raccrocher à la réalité, ce qui ne devrait plus tarder.

19 avril

Deux vrais événements.

J'ai vu les Malouines et j'ai vécu ma première tempête du Sud.

Avant-hier, par une vilaine matinée de boucaille de nord-ouest, entre deux grains, j'ai aperçu les falaises de la côte nord. Le bateau courait vite dessus au portant, j'ai donc manœuvré pour faire demi-tour. Ces conditions de visibilité me permettent de tenter un grand coup : me filmer comme si je passais le Horn. Tout le monde comprendra qu'avec ce mauvais temps, je ne me sois pas approché et je défie bien quiconque de reconnaître précisément une terre dans la ligne sombre que l'on entrevoit à l'horizon. Par précaution, je visionnerai seul la pellicule avant de la diffuser. J'aime le travail bien fait. Cette dernière touche, jointe au plaisir de pouvoir enfin reprendre ma route au nord vers la maison, m'avait mis de la meilleure humeur. J'avais fêté cela avec une bouteille de vin rouge, un peu trop frais malheureusement. J'ai ensuite sombré dans la sieste. J'ai dû résister un moment aux mouvements violents du bateau qui s'insinuaient jusqu'à ma conscience, car je me souviens de rêves de plus en plus chaotiques. Quand je me suis réveillé, *Sailahead* était secoué dans tous les sens par une forte mer et la grand-voile était déchirée dans toute sa largeur. C'est embêtant car j'en aurai vraiment besoin pour remonter au près pendant les semaines à venir. Mais sur le moment, j'avais d'autres préoccupations. Je l'ai tant bien que mal ficelée sur la bôme et j'ai mis le bateau à la cape [1], sous tourmentin. La tempête était venue subitement. L'ambiance était angoissante. Les rafales dessinaient de grandes traînées blanchâtres. Les vagues d'au moins cinq ou six mètres commençaient à déferler et le plafond des nuages était si bas et gris qu'on se serait cru déjà au crépuscule. Mais je n'avais encore rien vu. Tout l'après-midi et la soirée, le vent et la mer n'ont fait que monter quand le baromètre plongeait vers le bas de la feuille d'enregistrement. La houle est devenue abrupte et le vent arrachait la crête des déferlantes qui s'abattaient sur le pont dans un crépitement bruyant. Finalement, j'ai affalé toute la toile et laissé le bateau dériver.

La nuit est terrible. J'avoue que j'ai peur. Je m'oblige à écrire pour m'occuper mais cela me demande un effort mental. Je voudrais juste dormir, à mille lieues d'ici. Impossible. Les mouvements sont si violents que je ne sais pas si je pourrai me relire. Le gréement miaule de plus en plus aigu et vibre à chaque survente.

---

1. Mettre à la cape consiste à laisser le bateau dériver en utilisant le gouvernail et un tout petit peu de voile pour qu'il se positionne face au vent et aux vagues. C'est une solution d'attente en cas de mauvais temps.

Quand j'entends, par-dessus le bruit des vagues qui s'écrasent, un grondement plus sourd, la déferlante est imminente. Je m'agrippe aux montants de la couchette et manque à chaque fois d'être projeté sur le plancher. Je me rends compte que je bloque ma respiration. Le choc est toujours violent, il y a un brutal coup de gîte et je prie pour que le bateau ne chavire pas. Plusieurs fois, j'ai dû passer bien près de la catastrophe. J'ai démonté mon fameux sac de flottabilité, à Bahia Desolada, quand je me suis aperçu que les tuyaux que je devais passer dans le mât avaient été oubliés dans le container. De toute façon, avec la fureur des vagues, je doute que le système ait marché.

Tout cela est insupportable, inhumain. Je me sens loin de toute espérance, perdu sur un océan en colère. Serait-il en colère contre moi ? Ai-je déclenché tout cela, au moment où j'ai fait demi-tour ce matin, pour me replacer dans la course ? Est-ce une punition ?

Le bateau craque de toutes parts et j'ai mal jusque dans les os. Je passe de longues minutes à scruter le baromètre :

« Remonte ! Oh, remonte, je t'en supplie ! Délivre-moi de la mort ! »

J'ai cette cabine humide et obscure en horreur. Elle me fait l'effet d'un tombeau, mais sortir est pire. Je ne tiendrais que quelques minutes contre le déchaînement glacé. Je finis la nuit recroquevillé sur le plancher, coincé entre la couchette et la table à cartes, impuissant, abandonné.

Le jour n'apporte pas de répit. Le vent a tourné au sud-ouest. Il est glacial, en provenance directe de l'Antarctique, et la mer est croisée, épouvantable. Il passe des grains si sombres qu'on dirait que la nuit retombe. Je ne quitte pas mon recoin, mais j'ai dû mettre mon ciré car un hublot fuit et tout est trempé. Je me sens accablé. Non seulement par cet épisode misérable, mais parce que, durant cette nuit sans sommeil, il m'est apparu que, de toute façon, je n'aurais jamais pu accomplir ce tour du monde. Jamais je n'aurais supporté l'angoisse des mers du Sud, même si *Sailahead* le pouvait, ce qui n'est pas sûr. Rien qu'à l'idée qu'il m'aurait fallu affronter ces conditions de nombreuses fois, la sueur me monte au front. J'ai déjà subi des mers difficiles, dans la Manche, je sais ce que c'est. Pourquoi, ici, n'ai-je pas du tout la même impression ? Est-ce le seul fait d'être plus loin et plus seul ? Ai-je changé depuis que je suis parti ? Ou pire, me suis-je totalement trompé ?

La grande fatigue que j'avais endurée avant

l'escale me reprend. Tout est épuisant, même ouvrir un paquet de biscuits, quand je n'ai rien mangé depuis hier midi. Je crois que je vais finir la bouteille de rouge et tenter de dormir.

25 avril

Cette tempête a eu du bon. En me faisant comprendre que je n'étais pas du tout fait pour faire le tour du monde tout seul, elle m'a libéré de cette contrainte. Sur le moment j'ai été vexé. Tassé, humide, valdinguant à chaque vague, j'ai eu honte de cette faiblesse, de cette impuissance. Ce n'est pas du tout ce que j'avais imaginé. J'avais rêvé de contrôler et de décider, et je me retrouve à la merci de l'impondérable et de l'inattendu. Je me sentais en quelque sorte rejeté, méprisé, presque humilié. Au fond, c'est bien le sentiment que j'ai depuis le début de cette navigation. Je ne suis rien, rien qu'un tricheur. Tout à coup j'ai été effrayé de penser qu'il me faudrait vivre toute ma vie, maintenant, sur un malentendu, un mensonge, tel Caïn avec son œil. Le reste de cette journée de tempête s'est bizarrement déroulé. J'ai somnolé plusieurs fois, emporté par la fatigue. A chaque fois, j'étais poursuivi par le cauchemar de quelqu'un qui découvrait ma supercherie. C'était tantôt mon père, tantôt un de mes compagnons de jeunesse, ma belle-mère, Richard, Alice et même ma mère qui m'a toujours tout pardonné. Ils avaient tous des phrases terribles à propos de la confiance trahie et me tournaient le dos. Je me retrouvais seul, tout seul, plus seul que sur cet océan, et je me réveillais à chaque fois en sueur. J'ai essayé sans succès de m'empêcher de dormir pour échapper à ces cauchemars. J'avoue avoir pensé à me supprimer dans un accès de désespoir. Mais tout à coup, comme un plongeur donne un coup de talon sur le fond pour remonter à la surface, une pensée m'a éclairé. Elle s'est développée comme l'embellie, comme une petite déchirure dans les nuages qui envahit tout à coup le ciel et signe la fin de la dépression. Le vrai but de ce voyage n'est pas de faire le tour du monde !

Ma navigation est un paravent, un prétexte que j'ai saisi, pour m'arracher au quotidien. Mon inconscient a, en fait, répondu à l'appel d'un Destin Profond. Ma mission est d'explorer ce nouveau moi-même, de le faire émerger. C'est facile d'être un circumnavigateur, la preuve en est que je peux faire semblant. Ma vraie nature m'est encore cachée. Je comprends tout à coup que si j'ai été placé dans ces extraordinaires circonstances par cette force supérieure, c'est que quelque chose doit en résulter. Je dois accepter ce destin. Je dois trouver ce chemin, peut-être épineux, que le « Grand Tout » a choisi pour moi. Je suis porteur d'une mission, tels Jésus ou Einstein je peux faire grandir l'humanité, par mon exemple et mon message. J'avoue que j'ai été très excité de découvrir tout cela. Voilà pourquoi depuis le début je me sentais en porte-à-faux avec ce voyage. Il me faut maintenant me concentrer sur moi-même pour accéder à ce destin charismatique.

La mer a fini par s'apaiser. Je ne m'en suis même pas rendu compte tant j'étais absorbé. Je n'avais plus froid, plus peur, bien que ma situation matérielle n'ait guère progressé. J'y vois déjà le signe d'un homme nouveau. Je ne suis pas lié aux contraintes terrestres et matérielles comme le autres humains. Mon esprit prime sur le réel.

J'ai encore des frissons, mais presque de plaisir. Mon cerveau libéré travaille à toute vitesse.

J'ai aussi pensé qu'il ne fallait surtout pas que je change quoi que ce soit à ma petite mystification de tour du monde. C'est en quelque sorte une première épreuve qui va me placer au-dessus des autres. Elle va me permettre de répandre mon message. Le commun des mortels a besoin de fascination pour être sorti de sa torpeur. Jésus lui-même a dû marcher sur les eaux pour se faire entendre. Je n'en ferais pas tant, mais le statut de surhomme ou du moins d'homme exceptionnel me sera utile. J'ai bien l'intention de rayonner, de porter un message. Je me sens plein d'empathie et d'amour.

26 avril

Si je veux que tout se déroule selon mes plans, c'est le moment de réapparaître aux yeux du monde.

Pour ne pas craquer comme la dernière fois, j'ai répété mon texte à voix haute plusieurs fois. Tout s'est incroyablement bien passé. Je crois que je suis vraiment détaché de tous à terre, même d'Alice. Je suis dans cette autre vie que je dois construire à l'abri de leurs regards.

J'ai expliqué à Richard que j'avais bricolé mon groupe électrogène, sans complètement le réparer. Officiellement je ne peux donc pas beaucoup communiquer. C'est plus prudent. Avec Alice, j'ai été très bon. J'étais ému de l'entendre sangloter au téléphone, mais de cette sorte d'émotion que l'on a en regardant un film, à la fois très présente et très distanciée.

Les nouvelles sont bonnes : Moitessier n'a pas envoyé de messages récents, mais doit être quelques centaines de milles devant moi. Bill King a jeté l'éponge en Australie pour je ne sais quelle raison. Tetley m'a doublé. Il paraît qu'il n'a pas le moral et que cela lui donne hâte d'arriver ! Cela m'a beaucoup amusé que Richard m'exhorte à essayer de le rattraper. Au pied du podium, je serai très bien, je ne risquerai pas les questions gênantes.

J'avais tellement peur de ne pas être à la hauteur pour cet appel radio que je n'ai pas mangé depuis deux jours. J'ai une faim de loup et j'ai dévoré deux boîtes de pâté à la petite cuiller.

Maintenant que cette épreuve est passée, je peux me remettre aux choses importantes. Je fais des exercices d'écriture automatique à partir des mots que j'avais notés de la radio. Pour le moment, il n'en sort pas encore grand-chose.

Il m'est revenu des phrases de mon enfance, en hindi. C'est rare. Je n'aime pas me rappeler cette époque, cela me fait mal. Elle était trop belle. Mon père faisait commerce de bois. Nous habitions une grande maison avec un auvent noyé dans les plantes vertes où je jouais. Bhanumati, la cuisinière, me serrait contre ses gros seins qui sentaient les épices, et Pavanjit, le chauffeur, me découpait des animaux fantastiques dans des couvercles de bidons. J'étais fils unique, j'avais tous les droits. Je crois que maman s'ennuyait, en tout cas elle était souvent triste et j'étais prêt à tout pour la faire rire. J'inventais des jeux, des blagues. Dès six ans ce n'était plus elle qui me racontait des histoires, mais moi. J'avais même construit un théâtre de marionnettes et elle était mon seul public. Si j'étais resté là-bas, j'aurais sans doute trouvé plus vite mon destin. Mais il y a eu des foules dans la rue, des maisons brûlées et puis le grand voyage en liner vers l'Angleterre qui a sonné le glas de mon bonheur. Au début, j'ai détesté ce pays, je ne le tenais pas pour mien. C'était l'endroit de la honte de mon père et de son minable emploi de magasinier, l'endroit des larmes de ma mère à qui mes pitreries redoublées n'arrachaient plus qu'un faible sourire. Je me sentais animé d'une colère permanente, contre ma vie que je pensais gâchée, contre mes parents soumis au destin, contre l'univers entier qui m'avait abandonné. J'ai lutté, lutté, contre la mesquinerie de mes camarades d'école. Mes parents se sacrifiaient pour continuer à m'envoyer au meilleur collège, mais les enfants sont intuitifs et cruels. J'ai vite été catalogué comme le fils de pauvre. Une fois de plus, ma fantaisie m'a sauvé. Je les ai fait rire. Ils ont dû m'adopter. Toujours, toujours ensuite j'ai continué de lutter, comme si en quittant l'Inde j'avais été exclu du paradis. Comme Adam, je suis condamné à l'existence terrienne et au combat pour la vie. Mais il est envisageable de penser que, de temps à autre, des humains ont conservé la possibilité de revenir à l'Eden. Est-ce que ce ne sont pas ceux que l'on appelle des dieux : Mahomet, Bouddha, Jésus ? Je suis bien persuadé qu'ils étaient de vrais hommes, mais ils portaient en eux une étincelle, qu'ils ont su embraser. Ils ont ouvert à leurs semblables une voie de passage vers le divin et l'éternel. Ma solitude en mer est celle du Christ dans le désert, de Siddhârta sous son ficus, de Mahomet sur la montagne Hara. Viendra la Révélation.

2 mai

Le temps prend ses aises et moi aussi. Revenant vers le nord, je retrouve des conditions plus calmes. Le ciel est presque toujours couvert, mais de nuages mous et morts, qui s'appesantissent comme des édredons tombés d'un lit. Le vent est orienté d'ouest, assez soutenu mais régulier. *Sailahead* taille sa route et je m'en occupe peu. Chacun vaque à ses occupations. Je lui ai expliqué que je n'avais plus de temps à lui consacrer. Je vois bien à sa façon de se laisser aller dans les vagues qu'il est un peu mortifié, comme un gosse qui traîne les pieds quand il ne veut pas rentrer à la maison. Mais au fond, je suis sûr qu'il est fier de moi. Je le tiens au courant régulièrement de mes réflexions. Il a droit à la vérité car depuis le début il m'a fidèlement protégé, m'a offert sa coque, son ventre pour me cacher.

J'attends un signe. Je passe à nouveau de longs moments dans ma couchette, l'oreille collée contre la coque. J'écoute le bouillonnement à l'extérieur, le gargouillis du flux le long du bordé, les petits claquements, le grondement mat de la houle. Est-ce un message pour moi ? La nature parle-t-elle au tréfonds de l'homme, à son subconscient ? Est-ce dans cette direction que je dois chercher ?

Une autre question me semble centrale c'est celle de l'œil. Ce matin, les yeux ou plutôt l'œil de la mer a réapparu. Je l'ai clairement vu au petit jour. Quand je suis sorti sur le pont, je n'ai vu que lui. Il était profondément enfoncé sous la surface, immense, à demi ouvert, la pupille vague, incertaine, rêveuse. Le train des vagues dessinait des cils sombres. J'ai bien sûr repensé à l'œil de Caïn et me suis senti honteux, pris en faute. Mais il y avait une autre lecture. Si je penche la tête et regarde l'œil à 90 degrés, on dirait un sexe de femme, avec sa fente centrale et sa couronne de poils fous.

Par je ne sais quelle association d'idées, cela m'a renvoyé à l'image du guanaco femelle, morte en train de donner la vie.

La vie, la mort, leur grivoise intimité, le moyen d'y échapper. Le vrai, le faux, la possibilité de transcender les deux. Voilà deux combats parallèles, peut-être le même. Je dois en trouver la clé. Dieu lui-même ne l'a pas trouvé.

Et puis le grand œil s'est brouillé, a éclaté en mille autres. Il y en a eu soudain une multitude autour du bateau, qui clignaient, m'interpellaient, me harcelaient. Ils représentent la foule des autres, les stupides, les obtus, ceux qui ne m'ont jamais compris, n'ont jamais eu confiance, me poursuivent jusqu'ici pour m'empêcher d'accéder à mon destin.

5 mai

Grande nouvelle !

J'ai eu Richard à la radio. Moitessier a abandonné !

Contrairement à ce que l'on pourrait penser,

ce n'est pas à cause d'une avarie de son bateau épuisé par le Grand Sud, mais volontairement. Je le croyais devant moi, remontant l'Atlantique pour aller chercher sa victoire. Cela m'agaçait un peu d'imaginer ces damnés froggies en train de jubiler. En réalité, il faisait route sur Capetown, à l'opposé. Arrivé dans la baie, il a balancé un message avec sa fronde, qui disait (Richard me l'a lu, il n'y croyait pas encore) :

« Mon intention est de continuer le voyage, toujours sans escale, vers les îles du Pacifique, où il y a plein de soleil et davantage de paix qu'en Europe. Ne pensez pas, s'il vous plaît, que j'essaye de battre un record. Le mot "record" est un mot très stupide en mer. Je continue sans escale parce que je suis heureux en mer et peut-être parce que je veux sauver mon âme. »

Alors là ! Chapeau ! Lui aussi a compris que ce tour du monde n'était qu'un prétexte et, comme à moi, la mer lui a offert ce décapage mental qui permet de distinguer l'important de l'éphémère. Sur le moment j'ai été inquiet, jaloux qu'il puisse atteindre avant moi une forme de révélation. Mais non. Il veut juste aller se la couler douce à Tahiti. Il ne va pas au bout de la démarche, certainement parce qu'il n'est pas prêt à faire les sacrifices qu'il faut.

Moi je vais revenir pour porter le message. Pour cela il faut que j'accepte de m'affronter à moi-même et d'affronter les yeux.

Le plus risible est que, du coup, je suis passé en deuxième position, derrière Tetley, pour le prix du plus rapide ! J'ai fait tout un couplet à Richard sur ma détermination et ma certitude de le doubler. Il en pleurait presque d'énervement et je l'ai méprisé de ne pas contrôler ses nerfs. C'est là que je mesure que je suis appelé à de hauts états de conscience.

Cet imprévu ne doit pas changer mes plans.

PAPA A TÉLÉPHONÉ !

Il faisait très mauvais. La pluie criblait les vitres jusqu'à faire de la vapeur en rebondissant sur les carreaux. J'étais rentrée avec mon uniforme trempé et du coup j'avais mis directement mon pyjama pour finir mon devoir de maths sur les ensembles. Je tends toujours l'oreille quand le téléphone sonne parce qu'à cette heure-là c'est souvent Kerry ou Samantha. Maman a crié et je suis descendue en courant. Elle était droite comme une statue, on aurait dit que les yeux lui sortaient de la tête. Elle tremblait et n'arrivait pas à parler, mais les larmes coulaient sur son visage. Elle pouvait seulement répéter la dernière phrase qu'il venait de dire :

« réparé provisoirement le groupe... fatigué mais confiant... la dernière tempête a été la plus terrible... mauvais temps derrière normalement... arrive peut-être d'ici deux mois... »

J'aurais voulu lui arracher le téléphone des mains. Moi j'aurais su quoi lui dire, mais elle faisait tellement pitié que je suis restée assise sur les marches à essayer de deviner.

Ensuite elle m'a prise dans ses bras et s'est mise à pleurer avec de gros sanglots bruyants. Je la serrais comme si c'était elle mon enfant. On est restées là, assises dans l'escalier. Il pleuvait dehors, elle pleurait dedans.

Je l'ai obligée à aller s'asseoir dans le canapé avec la boîte de kleenex. J'étais en train de préparer un thé quand Richard est arrivé. C'est le bouquet, maintenant il met une espèce de veste en tapisserie qui ressemble aux fauteuils de mamie Té. Avec sa tignasse toute mouillée qui pendouillait, ça faisait presque clochard. Je me demande s'il va travailler comme cela... Papa l'avait appelé juste avant nous.

Donc : Il a réussi à réparer son groupe électrogène, pas complètement, mais il peut téléphoner de temps en temps. Il a fait le tour du monde et passé le cap Horn. Il est dans l'Atlantique Sud, sur la route du retour. Ouf! Ouf! Ouf!

J'ai pensé que je pourrais aller déchirer la lettre ou, au moins, la cacher pour être sûre que maman ne la trouve pas par hasard. Mais maintenant qu'il va revenir, ça ne risque plus rien.

Il n'a pas eu beaucoup de temps pour raconter des choses, toujours à cause de ces maudites batteries, mais il va bien. Richard s'est encore emporté en disant qu'il allait être troisième pour le prix du plus rapide et, qui sait, les autres pouvaient encore casser. Il vaudrait mieux dans ce cas que ça soit Tetley qui casse parce que *Sailahead* serait le premier multicoque à finir un tour du monde. Il allait tout de suite faire cracher le *Daily Telegraph* pour retranscrire sa conversation. Je le soupçonne d'être déçu que papa lui ait dit que ça allait. Il aurait préféré un truc un peu tragique, avec des rebondissements comme dans les films.

Maman était dans le canapé, toujours aussi blanche, avec ses yeux rouges. Il m'a vraiment énervé, j'ai failli me mettre à crier :

— Arrête les histoires d'argent ! On s'en fout maman et moi. Et même s'il ne gagne pas le prix et que l'on devient pauvres, ça n'a pas d'importance. Tout ce qui compte c'est qu'il revienne et que ça finisse, qu'on redevienne une famille normale, que maman ne soit plus blanche avec les yeux rouges, que Chris ne fasse plus de cauchemars et que je puisse lui dire que je ne suis plus une petite fille.

Je n'ai plus envie que nous ayons notre nom dans le journal, que l'on m'arrête dans la rue et d'être différente des autres. Richard ne peut pas se rendre compte. Il n'a pas d'enfants, juste une amie. Il ne voit pas que, dans une famille, tout le monde doit marcher ensemble, un peu comme si on volait à la même altitude. Mais là, papa vole trop haut, Maman, Chris, Alex et moi on ne peut pas suivre, en tout cas ça dure depuis trop longtemps. Des fois, je me dis que si nous ne sommes pas assez solides, c'est lui qui va échouer, comme s'il y avait de la transmission d'énergie à l'intérieur de la famille.

Il pense arriver dans deux mois. Deux mois c'est long. Je rêve que ça soit demain. Un matin comme en ce moment, quand il fait encore frais et que l'on va chercher la chaleur au fond des poches. Il y aurait de la brume et des vagues courtes contre la jetée. On entendrait d'abord le claquement du gréement dans le dernier virement de bord et la tache plus blanche des voiles sortirait du gris. Il serait là, amaigri, dans son ciré noirci. Il serait là et il n'y aurait que nous quatre sur le quai. Il serait là rien que pour nous. *Sailahead* accosterait tout doucement, avec juste ce qu'il faut d'erre pour étaler le courant, comme il me l'a appris. Il descendrait sur le ponton et on pourrait croire qu'il revient d'une petite balade, si on ne regardait pas ses yeux, plus bleus, plus brillants et plus profonds. Personne ne saurait d'où il revient parce que la mer ne garde pas de traces et que tous les sillages s'effacent et ça serait un secret entre nous. Bien sûr il rirait, tout n'aurait été qu'un jeu, un de plus. On serait tous les cinq, on se tiendrait très fort et le soleil arriverait.

D'autres fois je me dis que s'il réussit, s'il revient comme héros, il sera différent. Il deviendra sérieux et exigeant, il ne se roulera plus sur la moquette et n'éclatera plus de rire. Il sera une personne publique, qu'on voit donner son avis à la télé et à la radio.

J'ai décidé de partir du collège dès que je pourrai, pour travailler. Il y a plein de métiers que l'on peut faire sans s'ennuyer pendant des années à étudier. Pour cet été, j'ai demandé à la boulangère qui m'a dit que je pourrai venir aider. Pendant les vacances, il y a des touristes. Des gens qui viennent de Londres, du nord du pays et même de France, parce qu'il fait beau chez nous. J'aimerais m'occuper de la machine à glaces italiennes qui est sous l'auvent. Papa me trouvera sacrément changée.

Journal de Peter March

12 mai

Il m'a fallu punir *Sailahead.* Il est devenu insupportable. Cela me coûte car je me souviens d'avoir été, moi aussi, un enfant impertinent et agité, mais je ne dois pas me laisser troubler plus longtemps. J'ai fait l'effort de réparer sa grand-voile et les vents sont réguliers. Nous abordons la remontée de l'alizé d'Atlantique Sud et cette allure de près est facile à tenir. Au lieu de cela, il s'amuse en permanence à perdre le cap. De jour comme de nuit, je suis alerté par les voiles claquantes. Je suis obligé d'abandonner mon travail pour bondir dehors le remettre dans le droit chemin. Il m'a objecté que la platine du pilote était à nouveau tordue. C'est une attitude bien médiocre que de rejeter la faute sur les autres. De toute façon je n'ai plus de pièces de rechange. Je l'oblige donc à rester avec deux ris et le petit foc de route. Je sais qu'il se sent ridicule, mais il l'a bien cherché.

Quand j'étais enfant, tous les vendredis soir, je devais aller faire auprès de mon père mon examen de conscience de la semaine. Il avait instauré une sorte de tarif où chaque bêtise équivalait à un certain nombre de coups de badine. Mensonges, gros mots, chapardages, désobéissances, fainéantise, tout avait un prix. Mais le pire était de tenter de dissimuler quelque chose car la sanction tombait double ou triple. Mon père disait que mentir pour échapper à un châtiment nous rend plus que fautif, cela nous rend indigne. Ensuite je devais monter sur une chaise pour qu'il n'ait pas à se baisser et il me cinglait les mollets en comptant. Ma mère essayait de plaider ma cause et obtenait parfois une remise de peine. Ensuite elle me baignait les jambes avec une décoction d'arnica pour que les marques disparaissent. Ce rituel assombrissait toujours mes fins de semaine. Quand je commençais à faire le bilan, vers le jeudi ou le vendredi, il me semblait que les mollets me cuisaient déjà. Je reconnais aujourd'hui que cette méthode était sans doute la seule pour calmer l'enfant turbulent que j'étais.

Je ne fais rien et je m'ennuie terriblement.

Dès le matin, la vacuité à venir me paraît insupportable. Encore un jour. Horizon vide, pas de but, personne. Le temps et l'espace sont infinis. À quoi sert d'entreprendre quelque chose, je peux autant le faire demain ou dans dix jours? Je reste, une fois de plus, dans ma couchette à regarder les formes que l'humidité a dessinées sur le bordé et au plafond, comme quand j'avais la fièvre dans mon enfance. J'attends. Pas envie de lire, ni même de cuisiner, encore moins de ranger. Le capharnaüm s'est installé dans la cabine, bougies consumées, conserves moisissantes, fils électriques toujours pas connectés, vêtements humides, tout m'indiffère, me dégoûte.

Ce matin, je suis sorti sur le pont à l'aube. Il y avait peu de vent. Les nuages à l'horizon étaient fuchsia, mais le ciel au-dessus d'un vert tendre et translucide, dégagé. Très beau, irréel. Le soleil s'est vite montré et je suis resté longtemps dans le cockpit sentir sa chaleur le disputer à la fraîcheur nocturne. La chair de poule sur mes avant-bras a mis du temps à s'apaiser. C'est à des petits détails comme cela que je peux dire que je suis en vie. Ma peau réagit avec le vent et le froid. Je l'ai regardée un bon moment avec curiosité. Comme tout le monde, je n'ai jamais prêté attention aux mécanismes de mon corps, de la vie dans mon corps. Pour qu'apparaissent ces petits renflements à la base de mes poils, des milliers de choses sont à l'œuvre à l'intérieur de moi. J'en ai le vertige.

Il y a quelques années je m'étais intéressé à la numérologie, mais je ne suis pas sûr d'en avoir approché la quintessence. « Tout est arrangé d'après le nombre », dit Pythagore.

Si j'avais pu continuer mes études, j'aurais été un bon mathématicien. J'ai toujours été fasciné par ces langages. Le mathématicien n'a rien que son crayon et sa feuille et il invente des mondes. Rien ne lui résiste, il lui suffit de poser quelques théorèmes et il dompte la réalité, la met en formules et en équations. Qui d'autre jongle tous les jours avec le zéro et l'infini ? La mathématique est l'art le plus créateur jamais sorti de l'esprit humain. La trigonométrie, l'algèbre, le calcul différentiel, la théorie des ensembles, les nombres complexes, chacun de ces langages fait sens dans l'univers. En le décrivant, il le crée. Ainsi la position de *Sailahead* dans ce désert liquide est donnée par une latitude et une longitude, deux nombres se rapportant à la trigonométrie. C'est cette seule science qui atteste de mon existence. Ces deux coordonnées ne définissent pas qu'un point sur la carte, elles me positionnent par rapport à d'autres concurrents, il en découle que je vais gagner ou pas la course. Pourquoi dans une autre mathématique, dans une autre représentation de la nature, ne serais-je pas en tête ?

Einstein lui-même, par une vulgaire équation, n'a-t-il pas aboli le temps et l'espace en les faisant se rejoindre ?

En numérologie, PETER donne le nombre 1 et MARCH donne le 7. Je suis donc au total le 8.

Peter est mon vrai moi et le 1 signifie le divin, l'unique, l'universel, le transcendant, la volonté. En creux ce peut être le manque de confiance en soi, la solitude, toutes choses dont j'ai souffert à terre pendant des années. Voilà donc ma vérité intime.

Le 7 qui m'a été légué par mon nom de famille représente à la fois les qualités d'invention, la faculté à s'engager et à poursuivre un idéal. C'est à ma mère que je le dois, à coup sûr. C'est elle qui encourageait mes fantaisies de montreur de marionnettes. J'ai souvent pensé à elle en prenant le départ de cette aventure. De l'au-delà, je sais qu'elle me surveille et j'espère qu'elle est fière de moi en me voyant m'engager sur cette voie si difficile de la grande révélation.

Enfin 7+1=8. Et là c'est un triomphe. Le 8

est le chiffre de la réussite, de l'éternité, des énergies positives qui circulent. Quelles que soient les déconvenues que j'ai eu à subir dans la vie, l'avenir m'appartient.

L'océan autour de moi n'est pas si hostile et si vain. Il est le théâtre grandiose de ce qui sera mon apogée. La Révélation n'aurait pas pu m'apparaître dans le cours quotidien des choses, au bureau, ou en voiture ! Plus je suis seul dans l'immense, plus je suis grand, héroïque représentant de l'humanité aux portes de l'infini.

17 mai

Je me suis remis au travail ces jours derniers et j'ai une vraie satisfaction à contempler mon cahier de notes que j'ai baptisées « transcendantales ». Elles sont pour le moment un peu désordonnées, mais vont sans nul doute s'organiser quand viendra la Révélation, car elles sont parties du Grand Tout et ne peuvent me venir par hasard. Il reste un chaînon manquant à découvrir entre l'espace, le temps, le jeu, le guanaco femelle, Dieu, la création et l'harmonie. Je frissonne souvent d'excitation en pensant que c'est à moi Peter March que revient l'honneur de faire cette synthèse mystique. Je me suis souvent demandé pourquoi j'avais mérité ce statut. Mais Jésus ou Mahomet se sont-ils posé ces questions ? Non, ils ont simplement accueilli leur destin.

Je m'interroge aussi sur le fait de revenir en Angleterre. Quand je pense à l'accueil que l'on va me faire, je suis mal à l'aise. Est-ce que ça serait embêtant si on s'apercevait que j'ai triché ? Les gens comprendront-ils quand même mon message ? Est-ce que je ne devrais pas continuer vers une autre destination comme Moitessier ? Je pourrais rassembler des fidèles dans un endroit lointain de la planète pour leur parler. J'opte tour à tour pour l'une ou l'autre des solutions. Il me faudrait une troisième voie.

— Alice, que dirais-tu de tout cela ? Que me conseillerais-tu ?

Cela fait longtemps que je n'ai pas pensé à elle, ma femme. J'aimerais lui parler mais je sais qu'elle ne me comprendrait plus. J'ai avancé trop loin. Je suis déjà dans l'au-delà, détaché du monde des vivants. Pourtant il me manque, ce monde réel, et j'ai parfois la nostalgie de ma vie d'avant. Malgré quelques soucis matériels, l'existence était plus simple.

Je n'arrive pas à dormir la nuit. Je dors trop dans la journée. Il commence à faire chaud à l'intérieur du bateau. Mon duvet est poisseux de sel, se colle sur mon ventre et mes jambes en sueur. J'ai le sentiment de transpirer tant que je vais me vider de ma substance et rester comme ces poissons volants desséchés que je retrouve parfois dans les voiles, l'œil enfoncé dans l'orbite et la gueule ouverte.

Cette nuit, j'ai eu peur d'aller me coucher, j'ai passé un pull et un pantalon et je me suis installé dehors, au coin du cockpit. La lune, à son dernier quartier, se lèvera plus tard, mais le ciel est si dégagé que les étoiles font une vraie lumière, très crue, très bleue, qui éclabousse le pont d'un blanc surnaturel. La mer est calme et le vent faible, *Sailahead* avance avec une infinie douceur, sans bruit. J'éprouve un immense répit. Je me sens loin de la lutte des semaines passées. Je m'abandonne. Le seul son qui me vient aux oreilles est celui de ma propre respiration, le bruit de ma vie. Je suis las de ce combat, pour qu'émerge le surhomme en moi. J'aimerais que tout s'arrête. En ce moment je n'aurais ni remords, ni regrets. Il suffirait que je m'avance un peu au-delà du tableau arrière et je finirais dans ce reflet d'étoiles. En une seconde je visualise mon corps tombant mollement. L'eau tiède se coulerait en moi par la bouche, le nez, les oreilles et le sentiment d'inéluctable m'assaillirait en voyant les coques s'éloigner. Je dois résister à cette tentation, toute séduisante qu'elle soit. Tel Jésus, au mont des Oliviers, je dois accepter mon Golgotha.

Je ne sais pourquoi l'image d'Eva m'est venue à l'esprit. Je vois son visage en gros plan, ses yeux sérieux sous les boucles brunes.

— Mon Eva, ma petite fille, tu me donnes tout à coup envie de pleurer, à penser que je pourrais ne pas te revoir ! Je voudrais te sentir sur mes genoux, à l'instant, sentir la chaleur calme de ton souffle dans mon cou, quand tu t'endors. Je ne veux pas renoncer à cela.

Je repense à ce petit être rougeâtre aux paupières disproportionnées que j'ai tenu dans mes bras, il y a quatorze ans. Une vie toute neuve, prête à rentrer dans le tourbillon du monde, dans le grand jeu.

Quelles seront les règles pour toi ? Ai-je bien fait de te lancer dans cet abîme absurde ?

J'imagine ton désespoir si je disparaissais et je ne sais pourquoi c'est le seul qui me touche, comme si celui d'Alice, d'Alex ou de Chris ne comptait pas. Ma fille, celle qui fera ventre en mon nom, un jour, celle qui me rattache à l'éternité.

25 mai

JE SUIS EN TRAIN DE DEVENIR COMPLÈTEMENT FOU !!!

Quand je relis les dernières pages de ce journal, j'ai la chair de poule. Tout n'est qu'un galimatias et j'ai honte de l'avoir écrit.

C'est Richard qui m'a involontairement sorti de mes divagations. Hier, à la mi-journée, j'ai aperçu un navire au loin, une sorte de caboteur. J'ai eu la tentation de lui parler. Je n'ai pas eu de conversations depuis Bahia Desolada. Quand j'ai allumé la VHF, il cherchait à me contacter. Mais là j'ai eu peur. Qu'est-ce que j'allais lui raconter ? J'avais arrêté depuis des jours de calculer une position et je sentais une terrible répulsion à lui dire qui j'étais. Le type a insisté longtemps et je rongeais mon frein de ne pas répondre. C'était si tentant de tailler une bavette, comme avec un bon copain. En tout cas, j'ai senti l'urgence à éclaircir définitivement ma situation. J'ai d'abord pensé joindre Alice et lui demander de venir secrètement me rejoindre en Amérique du Sud pour que nous en discutions ensemble. Je n'ai pas eu le courage de l'affronter. Je me suis décidé à appeler Richard et à lui demander conseil. J'étais prêt à tout lui expliquer, mais il ne m'a pas laissé parler. Il était hystérique :

— Peter, comment tu l'as su que Tetley a fait naufrage ?

Tetley a fait naufrage ! Cet imbécile a eu l'impression que je le talonnais, il a « chargé la mule » à tel point que son bateau s'est disloqué, les bras de liaison entre les deux coques se sont fissurés, puis arrachés. Il a eu le temps d'appeler à l'aide par radio et d'être secouru par un cargo de passage. Voilà la course est terminée pour lui et du coup... je suis en tête pour le classement du plus rapide !

A vrai dire, j'ai mis un moment à comprendre tout cela, tant c'était énorme. D'autant plus que j'avais encore la tête pleine de mes raisonnements spécieux. Et puis cela m'a paru tellement drôle, oui, drôle car finalement tout n'est qu'un gigantesque malentendu. Je n'ai pas fait la course, je ne peux donc pas être classé, mais lui, bien sûr, ne le savait pas et il est allé dans le mur pour rien. J'imagine ses angoisses, je le vois comme si j'y étais se relever dix fois la nuit pour soigner ses réglages, désespérer quand le vent mollit, se ruer avec anxiété sur la radio pour avoir des nouvelles de moi. Et pendant ce temps-là... je dormais !

Finalement j'ai éclaté de rire longuement et je crois que cela a agi comme un électrochoc. Il y a tant de temps que je n'ai pas ri. Tout m'est apparu dans sa réalité : ma navigation, l'escale, la triche et cet incroyable clin d'œil du destin. Il a fallu que je coupe court à la conversation pour ne pas me trahir car Richard en était déjà à vouloir régler les détails de mon arrivée. J'ai eu le bon réflexe. Je lui ai donné une position un peu au hasard et lui ai débité quelques sornettes à propos de réparations urgentes de voiles pour pouvoir raccrocher.

Il est maintenant temps de faire le point. Je peux gagner si je veux. Il suffit que je me remette à tenir mon faux livre de bord et que je navigue tranquillement jusqu'en Angleterre. Je sais que l'exploit sera disséqué et je n'ai pas que des amis dans la commission du jury. Mais qui pourrait imaginer un mensonge pareil ? Je crois que des dénonciateurs éventuels renonceraient, d'autant que j'aurais l'opinion publique avec moi. Le pays attend un héros et n'a pas l'intention de se faire flouer.

Pour une fois que la chance me sourit, j'ai le devoir de la prendre à bras le corps. Ce n'est plus moi qui décide de gagner, c'est la victoire qui s'offre sans contreparties. Le voilà, mon destin : je rentre et donc je gagne.

Le temps est calme, le soir approche et la lumière devient dorée, une brume mauve monte à l'horizon. J'ai remis le bateau en route, réglant les voiles avec soin. La course est redevenue normale. J'ai siroté une des dernières bières, puis je suis descendu farfouiller pour me faire le premier vrai repas depuis des lustres : des pâtes, une boîte d'irish stew et un quatre-quarts entier. Tout est bien. Cette nuit, je vais m'attaquer au nettoyage de la cabine qui est actuellement ignoble avec des conserves entamées, des vêtements puants abandonnés sur le plancher et mes deux duvets humides tassés au fond de la couchette. A partir de demain, j'aurai fort à faire si je veux être digne de cette victoire.

Il me vient encore des bouffées de rire avec cette histoire de Tetley. Finalement, j'avais raison, la vie n'est qu'un jeu. Mais cette fois-ci, je joue avec les bonnes règles.

Cerise sur le gâteau ! J'étais occupé aux rangements quand les dauphins se sont fait entendre par leurs petits sifflements proches de l'ultrason. Dehors, le spectacle était inimaginable. Dans l'obscurité, le sillage du bateau était phosphorescent. C'est un phénomène fréquent dû au plancton photoluminescent. Les dauphins avaient entamé leur ballet habituel, glissant le long de la coque, sautant à l'étrave, zigzaguant tout autour. Ils n'auraient pas dû être visibles, mais le plancton produisait le même effet sur leurs corps en mouvement que sur la carène. *Sailahead* était donc environné de tubes et de serpents lumineux d'où jaillissait, par intervalles, un fuseau doré qui se laissait retomber dans une pluie de pépites. Ils sont restés jouer longtemps. Parfois ils s'éloignaient et les traces de lumières s'évanouissaient comme un feu d'artifice dispersé par le vent. Puis on voyait de nouvelles torpilles lumineuses surgir de l'horizon arrière et revenir dessiner leurs arabesques.

J'ai senti que cette beauté pure était une forme d'acquiescement, un signe, confortant et récompensant mes efforts. Déjà, la nature me fait fête.

Papa va gagner la course!

La semaine dernière a donné raison à Richard. Moitessier a abandonné. Il dit qu'il ne veut plus revenir en Europe, parce que ici on adore « les faux dieux », l'argent, le pouvoir et la notoriété. C'est incroyable de faire cela. Il aurait pu gagner, empocher les 5 000 livres et, seulement après, partir dans les îles du Pacifique. J'en ai discuté avec mes amies. Tout le monde était d'accord qu'il devait être devenu un peu dingue, tout seul sur son bateau...

— Il parlait aux albatros, il devait déjà avoir un grain avant de partir.

Et hier, c'était le dernier coup de théâtre : Tetley, le seul qui était encore devant papa, a fait naufrage. Il dit que son bateau avait déjà beaucoup souffert dans les mers du Sud et que la cadence infernale qu'il lui a imposée pour ne pas se faire doubler l'a achevé. Je suis quand même contente qu'il ne soit pas mort.

C'est incroyable comment les gens peuvent changer, en fait ils ne sont que des faux-jetons. Quand il n'y avait pas de nouvelles de papa, personne ne venait nous voir, comme si nous étions en deuil, et maintenant il y a du monde tous les jours à la maison quand je rentre du collège. Ce sont des voisins, des amies de maman de la bibliothèque, des gens que je ne connais pas mais qui disent qu'ils connaissent papa depuis longtemps. Je passe mes fins de journée à aider à faire du thé et à passer les gâteaux.

Ce qui me fait le plus plaisir c'est que papa va gagner les 5 000 livres et pouvoir rembourser l'emprunt qu'il a caché à maman, et sans doute elle ne sera jamais au courant et nous pourrons continuer à vivre normalement.

Richard commence à m'énerver. Il est surtout heureux parce qu'il paraît qu'il va gagner de l'argent avec la victoire de *Sailahead*. Il est tout le temps là, il se prend pour papa et veut tout régenter à la maison : ce que l'on doit dire aux journalistes, comment il faut organiser la fête de l'arrivée et même comment il faudrait qu'on soit habillés. Maman, elle, est sur un petit nuage en permanence, elle rit pour rien, elle laisse tous ces gens envahir la maison, alors que d'habitude il faut lui demander huit jours à l'avance pour inviter une amie à dîner. Elle demande à Richard son avis sur tout et elle est toujours d'accord, plus encore qu'avec papa.

Roger et Charles, qui n'étaient pas revenus depuis l'arrivée de Knox-Johnston, sont là aussi tous les soirs. Ils emmènent souvent des gens dans l'atelier pour leur montrer les speedomètres, comme si c'était chez eux. J'ai entendu Roger dire à maman :

— Tu sais, finalement, je suis content d'avoir poussé Peter à partir. Quel gâchis de talent ça aurait été s'il n'avait pas pu participer, juste pour des questions d'argent !

Maman a détourné la conversation. Elle n'a pas du tout la même idée et, devant moi, elle a dit à Richard que ces deux-là ne manquaient pas d'air parce qu'ils n'auraient sans doute pas hésité à faire saisir la maison si ça s'était mal passé. « Manquent pas d'air », c'est rare que maman parle argot...

La seule visite désagréable ça a été mardi, le secrétaire du comité de course, Mr Colins, un petit binoclard qui avait l'air d'être déguisé avec un pull marin à rayures et un pantalon en toile. Je m'étais installée, comme d'habitude, sur les marches et j'ai tout entendu.

— Vous comprenez, madame March, pour que votre mari puisse toucher le prix le plus rapidement possible, il faut... enfin c'est normal, que le comité examine tout avant de proclamer le résultat, enfin... Sir Chichester sera ravi de valider cette navigation exceptionnelle, enfin... toutes les preuves seront bienvenues...

Il ressemblait à une fouine en répétant « enfin » d'un air coincé tous les trois mots. Bref, il voulait que maman lui donne le détail de toutes les conversations qu'elle avait eues et savoir si papa avait transmis des positions précises.

— Enfin... quand il était dans l'océan Indien et le Pacifique, bien sûr sa radio ne marchait pas, mais si, enfin... vous aviez eu des nouvelles par d'autres moyens, enfin... Par hasard...

Maman l'a envoyé promener gentiment en lui assurant que nous avions toujours donné toutes les nouvelles que nous avions et que, pour le reste, il y aurait le livre de bord.

Quand il est parti, elle était furieuse. Elle a téléphoné à Sylvinas pour le prévenir qu'il allait aussi venir le voir.

— Tu te rends compte. Ils n'ont certainement pas demandé cela à Robin Knox-Johnston.

J'ai souvent contredit Peter quand il disait que Chichester ne l'aimait pas. Mais là, ça passe les bornes.

Sylvinas l'a rassurée. Dans trois semaines papa arrivera et ils fermeront leur caquet.

Trois semaines encore à attendre! Je redeviens superstitieuse. Ça serait vraiment trop bête qu'il lui arrive quelque chose maintenant, comme se faire emboutir par un cargo, une baleine ou bien tomber à l'eau. Mais quand j'en ai parlé, Chris s'est fichu de moi et m'a traitée de trouillarde. C'est vraiment injuste. Quand il faisait des cauchemars, il y a trois mois, je l'ai laissé venir dans mon lit pour le consoler et pourtant je déteste cela parce qu'il bouge tout le temps.

JOURNAL DE PETER MARCH

29 mai

Les choses ont repris leur cours normal. J'ai eu fort à faire ces derniers jours : nettoyage et rangement complet du bateau, réparation des voiles, inspection du gréement. Il ne manquerait plus que, moi aussi, j'ai une avarie.

J'ai surtout repris le journal de mon tour du monde, que j'avais abandonné. C'est assez difficile de tout faire coïncider. Le calcul des hauteurs de soleil m'absorbe beaucoup, mais c'est fascinant. A travers les chiffres, je sens ce lien entre l'homme et l'univers. C'est apaisant de pouvoir communiquer avec la nature, surtout quand elle se fait complice. Car elle seule sera témoin de mon petit mensonge et je sais que je peux compter sur son silence. Le cosmos et moi, main dans la main, j'aurais de quoi être fier, mais c'est le rire qui l'emporte. Quel tour incroyable vais-je jouer à tous ces imbéciles à terre !

L'alizé est assez vigoureux et me propulse à bonne allure. Il fait chaud et vivre nu, sentir le vent sur ma peau, mes cheveux devenus longs flotter sur mes épaules, percevoir la chaleur du pont sur la plante des pieds, me rapproche de l'animal. J'y trouve la sérénité du lézard sur le mur, j'y suis à ma place. Après toutes ces semaines d'angoisse et de délire qui s'apparentaient à une dépression nerveuse, je me sens revivre. Oh ! que c'est bon !

— *Sailahead* mon petit bateau, je te remercie de m'avoir porté dans ces difficultés, même quand je t'ai rudoyé, quand je t'ai laissé à l'abandon, tu ne m'as jamais trahi et toi aussi tu seras témoin de ma victoire. Je sais que tu me comprends et que tu m'approuves.

Pour la première fois depuis le départ, je me suis regardé dans un miroir en utilisant celui que j'avais emmené si je devais me soigner dans un endroit inaccessible. Sur le coup, je me suis fait peur. On me donnerait dix ans de plus. J'ai beaucoup maigri, ce qui fait saillir mes articulations comme un enfant du tiers monde. Je suis bronzé, mais le sel a incrusté ma peau et l'a racornie et parcheminée. J'ai pas mal de bleus (je ne me souviens pas de m'être cogné) qui font de vilaines taches marron cerclées de jaune. Le hâle ne cache pas les cernes et je paye ma négligence à mettre des lunettes noires car mes yeux sont très rouges. Le plus sidérant c'est ma barbe et mes cheveux longs, blondis par le soleil. Ils étoffent le bas de mon visage, cachent ma glotte normalement saillante et me font une mâchoire carrée qui n'est pas désagréable. Je ressemble à un Viking, mais mal nourri ! J'ai dû être bien malade. Ce n'est pas une tête de vainqueur, il faut que je me retape. Je cuisinerais volontiers, mais une grande partie de ma nourriture est gâtée. Je suis parti trop vite de Bahia Desolada pour prendre le temps de faire des courses et j'ai totalement négligé d'entretenir ma cambuse. Il aurait fallu retourner régulièrement les œufs pour que le jaune ne pourrisse pas au contact de la coquille, rincer les conserves, aérer les légumes secs et la farine. J'ai été obligé de jeter beaucoup de choses. Restent du riz, quelques conserves et du thé moisi, ce qui ne me donne pas d'appétit !

4 juin

Toujours beau. J'approche du pot au noir, la zone météorologique difficile qui fait la transition entre l'alizé du sud et celui du nord. A l'aller, je crois que je n'avais rien vu, ni rien compris tant j'étais mal en point. Cette fois-ci, je vais m'appliquer et essayer de slalomer dans les zones de vent faible, entre les gros cumulonimbus où au contraire sévissent des rafales violentes. Je n'ai personne contre qui régater maintenant, mais je le fais pour l'honneur d'établir un temps minimum. Cela me donne aussi de quoi enrichir mon livre de bord que je trouve trop plat. J'ai raconté la tempête des Falklands mais ensuite je ne me souviens de rien de précis. Je m'inspire de Chichester, mais il ne faut pas que je lui ressemble trop, cela pourrait lui mettre la puce a l'oreille.

J'ai essayé de rattraper mon retard à filmer. Pour ne pas apparaître nu, je me suis drapé les hanches dans une vieille serviette comme le faisait parfois Pavanjit quand il ne travaillait pas le matin. Je dois avoir l'air du parfait yogi. Les scènes dans le Grand Sud vont cruellement manquer. Avec ma tête actuelle et le ciel bleu derrière moi, il est difficile de prétendre y être. Richard pourra peut-être quand même combiner un montage pour illustrer mes conférences.

Régulièrement, je m'oblige à penser à l'arrivée, pour me préparer psychologiquement. Il ne suffira pas de lever les bras en V en brandissant des fumigènes. Il y aura la conférence de presse, puis d'innombrables interviews et sans doute des questions de la commission et il ne faut pas que je me contredise. D'un côté c'est amusant, j'ai l'impression d'être un espion en mission spéciale. De l'autre côté cela m'angoisse et finalement je préfère ne pas y penser. Je n'ai pas osé rappeler ni Alice ni Richard, mais il va bien falloir que je le fasse. Je les imagine surexcités en train de préparer mon arrivée et je n'ai pas du tout envie de partager cette excitation.

6 juin

J'ai relu avec soin mon journal « transcendantal ». Il n'y a pas que des folies. Si je conquiers ma liberté en mer, j'ai bien le droit d'en user. C'est exactement cette liberté que j'exerce aujourd'hui. Décider de gagner la course a évidemment à voir avec une forme de transcendance de la réalité qui n'est pas donnée à tout le monde.

8 juin

Je n'arrive pas à sortir du pot au noir et à nouveau *Sailahead* ne fait aucun effort. La moiteur est insupportable et les rayons du soleil tombent sans ombre. On dirait presque qu'ils ont un poids. Je me suis réfugié à l'intérieur, collant mon corps en sueur contre la coque pour essayer de récupérer la moindre fraîcheur. Mais l'eau semble aussi cuisante que l'air. Je ne peux pas croire ceux qui disent qu'ils barrent à longueur de journée dehors pour gagner le moindre mille. Ou alors ce sont de vrais héros ! Moi, je n'en suis pas un, mais je sais jouer de mon intelligence.

Petit à petit, je monte néanmoins vers le nord et maintenant il me tarde que tout cela soit fini. Je vais essayer de gagner le plus « discrètement » possible. Je pense pouvoir expliquer que cette longue solitude m'a trop bien convenu et que la fréquentation du monde me perturbe. Personne ne m'en voudra de me replier sur ma famille à qui j'ai imposé tant d'angoisses. Richard me sera très utile. Je dirai : « voyez mon agent... » comme une star qui sait se faire désirer et je le laisserai se débrouiller pour affronter les questions. Pour une fois, il me servira à quelque chose car il est finalement en partie responsable de ma situation actuelle. Quand on s'est rencontrés, je n'avais pas encore vraiment décidé de partir. Je lui ai peut-être laissé prendre trop de choses en main dès le début, mais il m'a aussi embobiné avec ses promesses de trouver des sponsors et d'écrire des livres à succès.

Maintenant il me vend comme de la lessive ou des chaussettes. C'est à cause de lui que j'ai commencé à tricher sur ma position. Il doit faire le petit coq, se parer des plumes du paon. Je le vois comme si j'y étais, avec sa barbe bien peignée et ses gros yeux, faire le malin à la télévision. Voilà ce qu'il aime, en réalité : recueillir les fruits du succès sans en avoir vécu les difficultés. En plus, je vais lui reverser 10 % de ce que je toucherai. J'ai été trop faible d'accepter, alors, au moins qu'il serve à quelque chose !

Je pourrais aussi mettre un gérant à la tête de Sailahead. Je ne me vois pas retourner à ce boulot fastidieux, après tout ce que j'ai vécu. Roger pourrait s'en occuper en même temps que de sa propre entreprise. Il est suffisamment malin et âpre au gain pour faire fructifier ma victoire. J'ai repensé à l'idée de déménager avec la famille à Bahia Desolada. Avec l'argent du prix, il y aura de quoi acheter une belle *estancia.*

10 juin

Sale cargo ! Ordure ! Fils de pute ! Tu es venu me narguer. Tu as surgi sur cet horizon qui ne t'avait rien demandé. Tu m'as tenté, démon ! Tu savais que je ne résisterais pas. Je ne suis pas Jésus, je ne suis que Pierre et je n'ai pas su garder la pureté de mon silence. Je t'ai parlé, j'ai cueilli la pomme, j'ai fait péché d'orgueil et je sens les coups de badine qui me cinglent les mollets. J'étais ridicule, fou de joie de parler enfin à quelqu'un qui me réponde, plus seulement à ces stupides nuages. La dernière fois j'avais réussi à me taire, toi, tu m'as flatté pour mieux me perdre. Je t'entends encore à l'intérieur de ma tête, c'est gravé au fer rouge, cela fait mal ! Tu m'as dit que tu me connaissais, que j'étais un héros, que l'Angleterre entière m'attendait avec impatience, que tu étais fier d'être le premier à donner de mes nouvelles. Tu m'as même proposé d'appeler ma femme. Salaud ! Laisse ma femme tranquille ! C'était comme cela. Oui, c'est comme ça que ça s'est passé. J'avais tiré le combiné de la radio dehors pour me rassasier de ta masse. Pour une fois quelque chose de stable qui dépasse des vagues, un gros pâté de ferraille, témoin du monde des hommes. Toi, tu as manœuvré pour venir près de moi. C'est là que tout a explosé dans ma tête. Je t'ai vu avec tes petites silhouettes qui s'agitaient à la passerelle. Tu m'encourageais au mal, au mensonge, à parler de la course. Mais je ne savais pas quoi raconter, j'avais peur, je savais que tu ne me croirais pas, que tu voulais juste me prendre au piège de mon mensonge. Arrière ! Arrière ! Je tape du pied, j'agite les bras pour te faire fuir. Ah, si j'avais un fusil, tu verrais ! Gros pervers que tu es ! Et c'est là que je les ai vus aussi. Tous ! Tous les gens avec des drapeaux dans les mains qu'ils agitaient mais moi je passais dans une charrette en route pour le bûcher. Et les gens riaient, ils criaient que j'étais un traître et me crachaient dessus. Et tu as envoyé les yeux, par milliers, qui ont peuplé la mer, serrés comme je ne les avais jamais vus, comme des bulles de graisse dans un ignoble bouillon. Les yeux criaient comme ces Indiens qui nous avaient chassés de chez nous, pire encore, ils hurlaient que j'étais un traître, qu'ils le savaient, qu'ils allaient le dire à tout le monde. Je suis trahi. Le cosmos que je croyais mon ami, que j'ai mis dans la confidence, va me dénoncer. Je sais que j'ai frappé la radio avec une manivelle de winch jusqu'à ce qu'elle se taise. Maudite ! Je suis seul à nouveau, si seul. Alice, je dois absolument te parler, tu dois me dire quoi faire sinon je vais mourir sur cette mer de haine. La radio est cassée. J'ai essayé de la démonter, mais je ne comprends plus rien à tous ces fils. Ils se moquent de moi, se cachent, se rompent exprès. Je ne peux plus parler à personne. Je voudrais leur dire qu'ils doivent venir me délivrer des yeux. Je suis enfermé dans le bateau. Il ne faut pas que je sorte.

J'ai réussi à sortir. Je me suis vengé de *Sailahead*. Je lui ai déchiré toutes ses voiles et j'ai jeté les cordages à l'eau. Je l'entendais qui me suppliait, qui m'offrait la victoire en échange de ma clémence. Mais c'est trop tard. Je n'aurai jamais plus confiance en lui. Il m'a trahi avec le cargo, il me déteste, il me méprise. Il méritait la double punition pour avoir fauté et pour avoir tenté de cacher sa faute.

Voilà une bonne chose de faite et maintenant je n'ai plus à sortir et donc à affronter les yeux. Ils m'ont dit que j'étais un minable. Que je n'avais jamais rien réussi de ce que j'avais entrepris ; que ma mère avait eu tort de me cajoler et de m'encourager à mes pitreries ; et que c'est mon père et sa badine qui avait raison ; que c'était trop facile de vouloir rire de tout quand on est bon à rien.

Ils hurlent « menteur, menteur, on ne ment pas aux yeux de la mer, on ne ment pas aux yeux de la mer ».

Mais je vais leur prouver que je suis au-dessus de leurs petites combines. Cette fois-ci est la bonne. Je vais me révéler et ça va être tonitruant. Il suffit que je garde ma pureté, plus personne ne doit me détourner de mon devoir, de mon accomplissement. J'ai eu une faiblesse passagère en voulant rentrer. Maintenant il faut que j'atteigne le ciel. C'est tout.

J'ai repris le calcul de numérologie et j'ai vu à l'évidence que tout se passerait le 1er juillet (1/7 mes deux nombres fétiches, ceux qui me représentent) et vraisemblablement à 1 heure et 7 mn. Je n'ai plus qu'à m'y préparer.

De l'intérieur du bateau, j'entends le clapotis désordonné de la mer, comme de petits coups frappés à ma porte. Je ne dois plus laisser entrer personne.

Tout est prêt. Nous n'avons plus de nouvelles directes depuis plus de trois semaines (encore un coup de sa radio), mais un cargo allemand, l'*Antalaya*, l'a vu et a communiqué avec lui en VHF. Evidemment, ils parlent mal anglais, ils ont à moitié compris et la conversation n'a pas duré longtemps. Le commandant connaissait la course et papa et il a dit qu'il était heureux de l'avoir rencontré. En tout cas il était en bonne forme. Quand ils se sont approchés, ils l'ont bien vu, tout nu et tout bronzé, qui faisait des grands signes pour qu'ils ne viennent pas trop près. Ça serait bête de lui rentrer dedans.

Maintenant tout le monde est aux petits soins. Le Met Office, qui donne la météorologie, a fait des calculs avec Sylvinas, pour analyser les vents qu'il a dû avoir et calculer sa progression. Dans quelques jours, ce sont des avions de la RAF qui vont aller patrouiller à l'entrée de la Manche et dans le golfe de Gascogne. Les Français ont proposé de prêter main-forte. C'est important que l'on sache exactement quand il va arriver car je crois qu'il n'y a pas une télévision, une radio ou un journal qui ne veuille envoyer un correspondant, comme quand Robin Knox-Johnston est arrivé. Les deux prix gagnés par des Anglais, tout le monde est très fier de cela et c'est grâce à papa.

La famille embarquera sur un navire de la Royal Navy pour aller à sa rencontre. Richard aurait voulu qu'il arrive par l'ouest et remonte tout le Solent avec les bateaux spectateurs qui auraient fait une haie d'honneur, venant de partout sur la côte. Ça aurait été magnifique, mais l'Amirauté a eu peur qu'il y ait des accidents. Les courants sont si violents à hauteur des Needles et ensuite il y a tous les hauts-fonds, qui sont déjà tapissés d'épaves. Finalement il rentrera par où il est parti, dans l'est de l'île de Wight. L'arrivée se fera entre les forts de Horse Sand et No man's land, un zodiac nous conduira à bord et il sera remorqué jusqu'au quai d'honneur de Portsmouth, à côté du *Victory* de Nelson. La municipalité a prévu deux gigantesques banderoles de chaque côté de l'entrée du port « bienvenue Peter et bravo ».

S'il fait beau, des centaines de voiliers sortiront de Chichester, de Langstone, de Gosport, de Cowes et de toute la rivière de Southampton. C'est le plus beau spectacle que je connaisse : les collines couvertes d'arbres derrière Bembridge, la mer qui est plus bleue au loin et devient progressivement verte près de la côte, les masses rondes des forts et toutes les bouées vertes et rouges des chenaux qui s'entrecroisent. Cela fait penser à tous les corsaires et les aventuriers qui ont dû passer là.

Le *Portsmouth Daily* a déjà détaillé toutes les festivités :

L'accueil sur le ponton avec un représentant du comté, les organisateurs de la course et Knox-Johnston ; puis la conférence de presse et un grand chapiteau a été monté sur le terre-plein du port ; ensuite un défilé en ville avec papa dans une Triumph décapotable, comme un chef d'Etat, pour que tout le monde puisse l'applaudir, et puis un pot à la mairie et il paraît qu'il y aura des cadeaux pour lui ; et puis les interviews en particulier pour la BBC et le *Sunday Times* et enfin un dîner de gala. J'ai demandé à maman de m'acheter la robe bleue que j'avais vue chez Killians, au Trigone. Elle est toute simple, sans manches, avec une encolure ronde. Elle descend dix centimètres au-dessus du genou, légèrement évasée. Je l'ai essayée avec Kerry qui m'a dit que c'était sensass, mais qu'il fallait absolument que je mette des collants avec, parce que les chaussettes ça fait trop gamine.

J'espère que papa tiendra le coup avec toute cette organisation, lui qui n'a vu personne depuis presque dix mois. Surtout que les semaines suivantes ne seront pas de tout repos. M. Jefaistout (c'est comme cela que j'appelle Richard en ce moment tellement il m'énerve) lui a préparé un programme terrible : il faut écrire le livre, mais aussi faire un film avec tout ce qu'il a dû tourner à bord et il a prévu un tas de conférences dans tout le pays qui rapporteront beaucoup d'argent. J'espère qu'on pourra l'accompagner puisque ce sera les vacances.

Charles a dit à maman qu'elle devrait déjà faire passer de la publicité pour « Sailahead Ltd », pour avoir beaucoup de clients, en expliquant que c'est aussi grâce à tous les systèmes électroniques qu'il a inventés qu'il a gagné. Maman n'était pas trop pour parce que cela coûte cher, mais les journaux de nautisme ont fait un bon prix et Charles a sûrement raison de dire qu'il faut que les publicités paraissent au moment exact où il va rentrer et pas après.

Evidemment au collège et à l'école de Chris et Alex, c'est la folie aussi. Le proviseur m'a convoquée dans son bureau et il m'a félicitée. (Quel idiot, moi je n'ai rien fait !) Il a dit qu'il pensait donner l'après-midi de congé à toute ma classe pour venir accueillir papa et qu'il espérait bien qu'il viendrait ensuite faire une conférence et qu'il faudrait que je lui demande. C'est la même chose pour Chris et Alex et leur école a acheté deux cents drapeaux anglais.

Normalement, avec les avions, on devrait être prévenus deux ou trois jours avant qu'il n'arrive.

Des journalistes sont venus au collège, nous filmer quand nous parlons de la course avec la prof d'histoire. Tout le monde était très énervé. J'étais au premier rang et ça faisait bizarre de sentir la caméra qui vous fixe en gros plan et qu'il faut faire semblant d'être normale.

Quand il a su cela, Richard était furieux car il dit que maintenant les télévisions doivent payer si elles veulent nous interviewer. Il exagère vraiment. Je lui ai dit que cela ne le regardait pas. Maman non plus n'était pas très contente. Elle croit que ça va « nous tournebouler la tête ». Elle nous a interdit de répondre aux journalistes et je sais qu'elle ne veut pas qu'ils entrent à la maison. En fait on dirait qu'elle a peur de toute cette effervescence. Quand mamie Té est venue dîner, je suis restée avec elles.

Il avait fait chaud et dans ces cas-là, c'est agréable de dîner au jardin. Il y a juste la place pour la table et les chaises en fer forgé entre les rosiers et les herbes de la pampa. On mange des sandwichs avec du ketchup et de la viande froide. Quand il commence à faire sombre, maman allume des bougies au géranium pour faire fuir les moustiques.

Mamie Té est mauvaise joueuse. Elle avait parié que papa n'y arriverait pas et elle cherche encore tous les moyens de le débiner. Elles se sont presque engueulées avec maman et je crois que c'est la première fois que cela arrive.

— Ma pauvre fille, il va peut-être gagner, mais je me demande s'il ne sera pas encore plus toqué, après tout ce temps seul. Et puis toutes ces histoires que l'on s'apprête à faire autour de lui, tu ne m'ôteras pas de l'idée que c'est un peu exagéré, ce n'est pas Churchill quand même !

— Maman, il faut encore et toujours que tu le critiques. Je sais que tu n'avais pas approuvé qu'on se marie, mais maintenant, sois honnête, ton gendre n'est pas si « bon à rien ». Tout le pays l'attend en héros ! Jusqu'à présent, personne ne l'avait pris au sérieux à cause de son côté fantaisiste et rêveur. Mais là, même toi, il va te falloir reconnaître ce dont il est capable.

Maman est très jolie. Elle a acheté une jupe jaune pâle qui va bien avec ses cheveux et un haut vert à fleurs et elle a recommencé à se maquiller comme Twiggy avec un gros trait d'eye-liner. Elle parle à sa mère d'un ton un peu moqueur et ça ne plaît pas à mamie Té (qui n'a jamais eu le sens de l'humour).

— Oh, oui ! Capable de trouver une fille qui avait de l'argent pour aller l'engloutir dans cette société qui ne vous a jamais rien fait gagner, ou dans la construction d'un bateau « révolutionnaire », et laisser sa famille morte d'inquiétude. C'et bien cela, ces gens nés aux colonies prennent des habitudes d'enfants gâtés, avec tous leurs boys. Pendant qu'ils se la coulaient douce, nous étions sous les bombes et c'était une autre éducation. Et sa mère qui l'a pourri en plus. Ça s'est toujours vu.

Alors là, maman a arrêté son sourire en coin.

— Maman si c'est pour dire des choses pareilles, ce n'est pas la peine de venir dîner et je ne t'oblige pas à être à son arrivée.

— Bon, calme-toi ma petite fille, on ne va pas se fâcher pour cela. Mais ne me dis pas que tu n'aurais pas été dans la pire des situations s'il lui était arrivé malheur. Ses « amis » affairistes, Roger et Charles, ne se seraient pas gênés.

Quant à ce Richard, il n'aurait eu de cesse de tirer profit de ton malheur et même de se faire payer pour écrire là-dessus dans la presse à scandales.

— Oh, maman, désolée de te le dire mais tu déraillès vraiment ! Richard nous a soutenus tout le temps, il est d'un dévouement incroyable. Sans lui Peter n'aurait jamais pu y arriver et c'est sûrement le premier qui a cru en lui.

— Je déraille...

Mamie s'est tassée dans sa chaise. Tout à coup, elle m'a paru très vieille, avec son cou flétri qu'elle ferait mieux de cacher et ses cheveux tellement teints qu'ils sont presque violets. Je l'ai toujours vue énergique, mais là on aurait dit un ballon qui se dégonfle. Elle se frottait le bras machinalement et tout à coup elle a jeté sa serviette sur la table.

— Bon, puisque je déraille, je crois qu'il vaut mieux que je rentre. Je te laisse avec tes amis... mais prends garde, Peter n'est pas encore arrivé.

Elle est partie sans dire au revoir et sans m'embrasser. Sa voiture a démarré et ensuite il y a eu un grand silence, on n'entendait que les martinets qui sifflaient très haut dans le ciel... Maman a commencé à ramasser les assiettes en soupirant :

— Ne t'inquiète pas, ta grand-mère est un peu vieux jeu. Elle ne pense pas ce qu'elle a dit.

— Mais c'est vrai qu'elle ne voulait pas que tu épouses papa ?

— Oui, mais elle est encore de l'époque où on croyait qu'il fallait se marier dans « le même monde ». D'ailleurs même là-dessus elle a tort. La famille de papa a été ruinée quand ils ont quitté l'Inde, sinon il aurait été riche... Plus que moi sans doute !

— Raconte maman, comment tu l'as rencontré papa !

Ma question l'a fait sourire. Elle s'est rassise, il faisait complètement nuit. L'histoire des parents est incroyablement romantique. Elle m'a expliqué qu'elle l'avait connu tout simplement à l'université dans une bande de copains. Il était tout le temps en train de faire le pitre et faisait rire tout le monde, mais aussi il adorait la controverse et prenait parfois des positions auxquelles il ne croyait pas, juste pour le plaisir d'argumenter, y compris avec les professeurs. Elle le trouvait émouvant et pensait que tout cela était une sorte de carapace qui cachait quelqu'un d'inquiet et cela l'avait touchée. Elle aussi est fille unique, mamie Té ne pouvait plus avoir d'enfants après elle, alors elle héritait des terres dans le Yorkshire (ça doit être celles-là que papa a mises en gage) où grand-père avait des chevaux. Grand-père avait une arthrose très grave. Il souffrait beaucoup et pouvait de moins en moins bouger alors il se fichait de tout cela depuis longtemps, mais mamie Té aurait voulu un beau mariage, peut-être avec un lord, ou au moins quelqu'un qui sorte de Cambridge, pour que maman n'ait pas à travailler. Alors, évidemment papa ne lui avait pas plu. Pendant trois ans après le mariage, elle n'avait pas voulu venir les voir. Et puis grand-père était mort, nous étions nés et elles s'étaient réconciliées.

Maman dit que pas une seule seconde, elle n'a regretté sa décision, même quand la vie a été un peu difficile. Ils se sont toujours aimés très fort. Ils n'ont jamais rien entrepris sans être sûrs qu'ils étaient tombés d'accord. Sauf pour cette histoire de tour du monde, elle avait eu du mal à se décider car elle avait vraiment peur pour lui et pensait qu'il n'aimerait pas la solitude. Mais en même temps, à près de quarante ans c'était sans doute sa dernière chance d'entreprendre quelque chose d'aussi important. Finalement quand il y a eu toutes ces difficultés pour construire le bateau, il a voulu abandonner, mais c'est elle qui l'a encouragé avec l'aide de Richard, Roger et les autres.

Evidemment, je n'ai toujours rien dit de la lettre. Maintenant ce n'est plus la peine. Ça m'a fait drôle de me dire que je connais quelque chose de plus sur papa qu'elle. C'est une idée désagréable de penser que deux personnes qui s'aiment peuvent se connaître si mal. Plus tard, si je me marie, je ne pourrais pas supporter qu'il y ait des secrets comme cela.

En tout cas, je suis vraiment contente d'avoir pu parler comme cela avec maman. Quand papa reviendra, j'aimerais qu'il me raconte, lui aussi, comment il est tombé amoureux de maman.

Journal de Peter March

10 heures du matin

C'est le grand jour. J'ai refait mes calculs, on doit être le 1er juillet. Je n'ai pas fermé l'œil. Toute la nuit, j'ai noté ce que l'Esprit me disait. Je n'ai plus de place dans le cahier et j'ai dû écrire dans les marges. Je suis maintenant l'Esprit lui-même. Je suis ici et ailleurs. C'est mon grand témoignage. Pour le donner aux hommes, il faut que je me donne à l'éternité, sinon ça reste un vilain mensonge, puni par la badine.

L'aube a été sanguinolente. Le soleil rougeoyait sous des nuages innombrables. Il n'arrivait pas à percer. Présage ! Présage ! Il finit par s'extraire, monte au ciel, monte, monte. Je dois toujours être dans ce pot au noir. Je ne sais pas. Il n'y a pas de vagues, juste la mer qui paraît gluante, toute lisse, reflétant quasi parfaitement le ciel. On ne distingue pas bien l'horizon, perdu entre la brume et les nuages bas. C'est très troublant, ça correspond bien. Je vis dans ce miroir. Aujourd'hui, je suis ici et déjà de l'autre côté.

11 heures

Arrêtez d'essayer de me retenir ! Chris, Alex, débrouillez-vous ! Vous êtes des garçons, faites comme moi, battez-vous pour vivre et là je ne peux rien. Ou alors, mourez ! Quelle importance, d'autres viendront.

Alice, stoppe ces pleurs immédiatement ! Ce sont des simagrées parce que tu as peur de la vie sans moi. Pas d'argent, mais femme d'un transcendant ! C'est mieux. Tu m'aimes. Et moi, sûrement aussi, mais à quoi ça sert ? Tu m'empêches de penser, de vivre. Je n'ai pas besoin de ta protection. Je ne crains rien, je suis comme Dieu. C'est toi qui pourrais me prier. Ça fait longtemps que je ne t'ai pas fait l'amour. Je cherche le goût de ton sexe. Parti. Mensonge comme le reste. Je ne veux pas que tu m'oublies. Je t'interdis d'aller voir ailleurs. Avec ce gros Roger, non ! Et la vilaine barbe de Richard sur ta peau si blanche. Pouah ! Je vais vomir. Quand je serai passé, quand je serai ailleurs, je pourrai te surveiller, je te guiderai, je te ferai des signes. Il faudra m'écouter, sinon... badine !

Et mon Eva. Petite fille fragile. Toi, je voudrais te garder. Si tu étais là, je t'emmènerais avec moi. Tu serais contente de partir avec papa, non ? Toi tu me comprends. C'est avec toi que j'ai vu les yeux, la première fois. C'est un signe. Est-ce qu'il ne faudrait pas que j'aille te chercher ? Tu pourrais être Dieu aussi comme moi, je te montrerais comment faire. Mais la radio est cassée, je ne peux pas te prévenir. Maudite radio !

Ceux qui ne comprennent pas, il faudrait les tuer. Les idiots ils vont retarder les autres. C'est pour cela que la société n'avance pas. Il faut toujours attendre les retardataires. Je ne peux plus attendre personne, je dois être exact à la seconde près, pour que l'espace et le temps concordent parfaitement.

12 heures

Il n'y a plus qu'un seul œil, immense, qui va jusqu'aux profondeurs de la mer, qui connaît tous les secrets, même les miens. Il sait tout et je n'ai plus besoin de mentir. On ne ment pas à la mer, jamais. Je peux vivre librement. J'ai tant souffert de toujours cacher, de paraître gai, entreprenant, battant, alors que j'avais tant de peine à simplement me sortir du lit. Quand tout était hostile. Le tour du monde va finir bientôt, je l'aurais gagné, ils seraient massés sur le quai et j'aurais les bras levés en signe de victoire.

Maman, tu m'as montré la voie. Il fait si chaud, ce midi. Tout le monde fait la sieste. Bhanumati et Pavanjit dans leur case à l'entrée du jardin, moi dans le hamac sur la véranda. Je n'arrive pas à dormir, je suis en nage, comme aujourd'hui. Chaud ! Ça me coule le long des omoplates et de la colonne vertébrale. J'ai horreur de cela. J'entends ta voix polie dans le salon. Tu fais la conversation à M. Pundichab, l'associé de papa pour la vente des bois. Papa, lui, est parti pour quinze jours voir de nouvelles coupes dans le Nord. Vous attendez des nouvelles et il est souvent à la maison. J'ai si chaud. Le bourdonnement des voix s'est éteint. Tu dors, maman ? Je veux un câlin, je m'ennuie. Je saute pieds nus du hamac. La tenture de la porte-fenêtre entrouverte tombe mollement. Aucun air ne la fait remuer. Je vais entrer. Elle dit : « non, non... oui... non ». Elle chuchote. Je passe la tête. Il la serre contre la commode, il a relevé sa jupe et je vois sa cuisse blanche, trop blanche. Je ne l'ai jamais vue, la cuisse de maman, ça ne se fait pas. Il a sa main enfouie. Elle détourne la tête, il veut l'embrasser. Je vais crier. Je ne crie pas. C'est mon secret maintenant, le secret que j'ai avec maman.

Plusieurs fois, plus tard. Elle rentre du club de bridge. Elle pose son chapeau, demande un thé à Bhanumati. Elle boit de longues gorgées comme si elle mourait de soif. Je monte sur ses genoux. Elle a cette odeur. Ce n'est pas la sienne. C'est un peu fort, écœurant, au creux de son cou. Je lui dis, elle rougit. C'est notre secret à tous les deux.

Ah, ah ! La bonne épouse, la mère admirable, ma mère s'envoyait en l'air avec M. Pundichab.

La menteuse ! Tout le monde ment, tout le temps.

Elle a été punie. Nous avons tous été punis à cause d'elle. Nous avons été chassés du paradis. Il a fallu aller en Angleterre.

12 h 40

Les règles du jeu n'étaient pas claires. Je n'aurais pas dû accepter d'y jouer. L'élégance, c'est de s'en retirer. Il n'y a que moi qui puisse comprendre, car je suis maintenant en dehors. Je me regarde depuis le cosmos. Je ne dois mettre personne dans la confidence ni ce foutu cargo, ni *Sailahead*, ni même l'univers, car ils me trahissent. Je dois assumer moi-même mes propres règles, c'est la seule façon de ne pas tricher. Je peux le faire car je suis un autre, je n'appartiens pas au temps. Il n'y a ni avant, ni après pour moi.

12 h 45

C'est comme les parents qui comptent pour se faire obéir avant la fessée : deux, deux et demi, deux trois quarts... quand ils font cela c'est qu'ils ne veulent pas donner la fessée. Alors moi je ne compte pas. Je suis.

13 heures

Plus que sept minutes. J'ai le vertige. Je vais prendre mon envol. Seul. La mer, le vent, je ne triche plus.

Il n'y a jamais eu de jeu.

Journal de Peter March

13 h 04

C'est fini. Je suis tout proche de la grande solution. Mon destin m'est enfin révélé. Je suis cosmique, il n'y aura jamais de fin.

Le journal de papa s'arrête là. J'ai eu du mal à déchiffrer les dernières pages. L'écriture était de plus en plus fine et les lettres finissaient par se chevaucher et couraient en oblique en travers des feuillets. Le mot FIN est écrit au milieu de la ligne comme il apparaîtrait sur la dernière image d'un film.

A chaque fois que je le relis, sur la table à la toile cirée jaune, je finis en larmes. Mon journal de petite fille se termine quelques jours plus tard, pour ne reprendre que deux ans après. J'ai été incapable d'y coucher le torrent de sentiments que j'ai éprouvés alors et qui ont, à coup sûr, signé une fin anticipée de mon adolescence.

Papa aurait dû arriver entre le 20 et le 25 juin. Au premier jour des vacances, le 31, la RAF a entamé des patrouilles de recherche. Elles se sont arrêtées le 7 juillet, mais tout le monde voulait croire à un retard, une avarie, un démâtage. Chacun avait son scénario.

Le 12 juillet, j'étais chez Kerry et elle venait de me proposer d'aller à la piscine. Mamie Té est arrivée en trombe :

— Eva, on rentre à la maison, mon chou, maman a besoin de toi.

— C'est papa ! Il est arrivé ? Il a eu un accident ?

Je tremblais, je savais déjà, rien qu'à voir son visage dur, fermé.

Des journalistes rôdaient près de la clôture du jardin. Elle les a chassés avant que je ne descende de voiture. Nous n'avions échangé aucune parole pendant le trajet. De toute manière je n'avais fait que pleurer.

Les garçons étaient là, affalés dans le canapé, serrés l'un contre l'autre. Maman était toute blanche, les dents serrées. Elle m'a écrasée dans ses bras. Elle ne pleurait pas.

— Ma chérie, ton papa...

— Je sais, il a coulé...

— Non pas vraiment, mais il est sûrement tombé par-dessus bord. Un cargo a retrouvé *Sailahead*, vide.

Elle a eu un hoquet.

— Le commandant du cargo m'a appelée. Ils ont aperçu un voilier qui dérivait et paraissait abandonné, alors ils ont mis en panne et envoyé une annexe. *Sailahead* était vide. Il va gruter le bateau sur son pont. Il doit accoster dans trois jours à La Barbade.

Je croyais que c'était la fin du monde. C'était seulement un deuil. Le pire allait très vite venir. Richard est parti à La Barbade. Le commandant Kennay l'a tout de suite pris à part.

— Monsieur, vous êtes le représentant de la famille. Alors je dois vous prévenir. A vous de juger. Nous avons investigué dans le voilier avec mon second, pour essayer de comprendre ce qui s'était passé. Le bateau était dans un état indescriptible, les voiles lacérées, les écoutes et les drisses cisaillées et à l'intérieur un capharnaüm et une puanteur terribles. Tout était en pagaille, la radio fracassée volontairement, nourriture, vêtements baignaient dans de l'eau croupie... Nous avons trouvé le livre de bord... ou plutôt il y en avait deux. Et les choses sont très étranges. Vous devriez les lire avant de décider quoi que ce soit. Je crains que M. March n'ait pas eu toute sa tête.

Il fut rapidement impossible de travestir la vérité. Le comité de course était prêt à lui donner le prix à titre posthume, mais exigeait le journal, le *Daily Telegraph* faisait un pont d'or pour le publier et l'équipage du cargo posait trop de questions parce qu'on lui avait interdit d'aller à bord. La presse fut rapidement sur les charbons ardents, soupçonnant quelque mystère. Le coup de grâce vint d'Argentine. La nouvelle de sa disparition ayant fait le tour du monde, la Prefectura Naval du district de Patagonie Nord émit un communiqué indiquant qu'un voilier correspondant à la description de *Sailahead* avait été vu en escale à Bahia Desolada durant plusieurs semaines par des navires de pêche. Aucun ne l'avait signalé sur le moment, mais le gardien de phare en poste à cette époque avait confirmé qu'il s'agissait bien d'un homme seul à bord, qui se faisait appeler « Peter ».

Ouragan, dévastation totale, comment décrire mes sentiments (comme ceux de Chris et Alex, d'ailleurs). Mon père, ce héros, était un fou et un tricheur. Mais le pire était que je me sentais une responsabilité. J'avais lu la lettre, je n'avais rien dit, alors qu'il était peut-être encore temps de le sauver. Je me souvenais de la fois où maman lui avait trouvé mauvaise voix. Son intuition était la bonne, elle aurait pu lui parler, le ramener à la raison. En tout cas c'est l'idée que je me faisais. Cette mauvaise conscience m'interdisait de tout révéler. Elle a forcément trouvé ce courrier maudit, mais n'en a jamais rien dit.

Nous étions tous tellement déboussolés que ce trouble supplémentaire passait inaperçu. Je hurlais quand elle essayait de me dire qu'il ne fallait pas le juger. Mais c'était moi que je convoquais au tribunal. Mon mensonge par omission m'apparaissait aussi grave que si je l'avais moi-même passé par-dessus bord. Je nous haïssais, lui et moi, avec la même force. Je pensais ma vie fichue.

Il m'a fallu quinze jours pour accepter de ressortir de la maison. Tous les journaux affichaient la photo de papa en couverture : « dramatique imposture » ; « il est devenu fou » ; « la solitude jusqu'à la mort »... Maman les achetait tous comme si elle voulait se faire le plus de mal possible. Elle n'arrêtait pas de dire qu'elle le pressentait, que c'était de sa faute, que si elle ne l'avait pas encouragé il aurait renoncé. Sauf que tout le monde avait trouvé cela formidable et l'avait encouragé, moi aussi !

C'étaient les vacances et nous nous sommes claquemurés, volets tirés parce que certains journalistes, vexés que nous refusions d'accorder des interviews, avaient essayé de coller leurs appareils photo aux carreaux. Maman ne voulait voir personne et surtout pas Richard, Sylvinas ou les autres. Elle leur raccrochait au nez quand ils téléphonaient. Seule, mamie Té était là en permanence, sans jamais faire de commentaires. Elle faisait les courses et nous ramenait des cadeaux. C'est ainsi que Chris a eu un circuit de formule 1, Alex un déguisement de Spiderman et moi, ma première paire de bas. Elle nous obligeait à nous lever, à manger. Elle nous imposait de regarder la télévision, de jouer au Monopoly et aux Mille Bornes. Elle avait acheté un jokari et s'épuisait à nous renvoyer la balle. A 4 heures, elle avait instauré la lecture à voix haute du *Seigneur des anneaux*. Bref, elle nous a tirés et poussés comme personne. Quand maman ou l'un d'entre nous s'effondrait, elle était juste présente et on pouvait pleurer ou crier dans ses bras. Elle nous a emmenés (nous les enfants) en vacances en Ecosse. Elle avait loué une ferme perdue dans la lande, loin de la mer, mais près d'un grand lac où l'on pouvait pêcher et faire de l'escalade sur les berges. Moi, j'ai fait ma tête de mule, je partais marcher, tout simplement, marcher seule. Au début je lui parlais tout haut, je l'insultais. Je marchais le plus vite possible pour m'épuiser et pour épuiser ma haine. Il n'était pas seulement fou, mais incroyablement égoïste, il n'avait pas pensé à nous. C'était à se demander s'il nous avait aimés un jour, pour nous infliger pareille honte. A certains moments j'aurais voulu à toute force remonter le cours du temps, revenir avant qu'il ne décide cette aventure fatale, pour changer l'histoire. Mon impuissance me rendait malade. Je me laissais tomber dans la bruyère, repliant mes jambes en position de fœtus et sanglotant à perdre haleine. A d'autres moments j'étais pleine de compassion pour sa souffrance, je me reprochais de n'y rien avoir compris, je me sentais coupable. Mais surtout, je m'apitoyais sur moi-même.

Cet été-là était somptueux. A force de vagabonder, j'ai commencé à regarder autour de moi.

Les sentiers montaient dans la forêt et l'on débouchait soudainement sur une sorte d'alpage où la bruyère formait des tapis rose fuchsia. Des ruisseaux gargouillaient et jetaient de brefs éclairs entre les herbes. Toute une vie de papillons et de libellules s'y déployait. Je continuais toujours jusqu'en haut, jusqu'à ce que l'altitude ne tolère plus que l'herbe rase et laisse émerger le vieux granit, d'abord en rochers isolés, puis en sommets stériles et tourmentés. Je me blottissais à l'abri du vent et je regardais le lac comme mon domaine et ses eaux noires friser au passage des nuages. Petit à petit, j'ai eu envie de faire des bouquets, de débusquer les écureuils et de me gaver de framboises. Mamie Té m'a fait confiance et laissée à mes promenades solitaires.

A la rentrée, j'ai seulement demandé qu'on me change de collège.

Lentement, lentement, Peter March est tombé dans l'oubli. Même pour moi.

Il y a deux ans, quand maman est morte d'un cancer, j'ai hérité de la maison, dont ni Roger ni Charles n'avaient fait jouer l'hypothèque. J'ai transformé la chambre de mes parents en boudoir en enlevant le lit et les tables de nuit et j'ai ignoré le contenu de l'armoire que je n'avais pas le cœur à trier. Je me doutais bien que les livres de bord étaient là.

Puis tout à coup, sans raison valable, j'ai ressenti comme l'urgence de me plonger dans ce passé. Tout le monde me dit que je suis idiote de revenir là-dessus, quinze ans après, surtout enceinte.

Le phare est tel qu'il l'a décrit. La pointe rocheuse émerge de loin des collines, comme une île. Ce n'est qu'au dernier moment que l'on découvre l'océan derrière, qui le rend encore plus solitaire, perdu entre deux immensités. Il est automatisé maintenant et la porte est fermée. J'ai failli retourner à Rawson, demander la clé, m'asseoir là où il s'asseyait, regarder les calendriers et les têtes de vaches. Mais rien ne doit plus être comme avant, ça ne vaut pas la peine.

Je ne sais toujours pas ce que je cherche en venant ici. Je sentais l'envie monter irrésistiblement, aussi puissamment que quand je me suis mise à lire les livres de bord. J'avais à peine fini de nourrir Emily au sein que ce voyage était une évidence. Pas question d'aller à La Barbade où *Sailahead* achève de pourrir au soleil. J'ai vu suffisamment de photos de cette épave envahie de lianes. Des minables ont récupéré l'accastillage, le mât, les capots, en découpant parfois le pont dans leur hâte, pour éviter le fastidieux travail de déboulonnage. A l'intérieur, une eau stagnante d'un vert presque fluorescent baigne des débris de couchette et des morceaux de planches blanchies par la lumière. Ce n'est pas cette sorte de pèlerinage morbide que je cherche. En fait je ne sais pas ce que je cherche.

J'ai garé la voiture de location près de l'amoncellement de vieux matériel de pêche. C'est étrange comme ces lieux me sont familiers, à force d'avoir lu et relu leur description.

D'abord je n'ai pas voulu voir la mer. Je me suis enfoncée dans les collines sèches, comme il l'a souvent fait, mais sans la présence amie de Vittorio. La marche est assez facile, le sol est dur, en partie stérile. J'ai la même fausse impression de croire voir un arbre à l'horizon, qui n'est en fait qu'un buisson de quelques dizaines de centimètres de haut. J'ai atteint le lac salé, immense croûte qui réverbère le soleil sur des hectares. Pas de trace du cadavre d'un guanaco femelle, juste quelques os de moutons ou cornes de vaches. Au-delà, toujours les mêmes collines, les mêmes herbes clairsemées. Je trouve quelque chose d'un peu angoissant à cette régularité, comme si on se trouvait enfermé dans un paysage immuable. Très vite je rêve de quelque chose qui diffère, n'importe quoi, une plante singulière, un insecte, une trace d'occupation humaine, juste pour échapper à cette monotonie. Pauvre papa, comment une ambiance pareille aurait-elle pu l'aider à se reprendre ?

Il n'y a que le phare finalement qui tranche sur cette uniformité et mes pas m'y portent avec soulagement. Le groupe de rochers qui ferme la baie est colonisé par de magnifiques cormorans blanc et noir, avec des yeux d'un bleu éclatant. Ils sont tous affairés auprès de leurs nids en forme de pyramide où s'agitent de petits becs. Ce spectacle-là est rassurant et me fait penser à Emily.

Je finis par descendre vers la grève. Il fait beau, pour la Patagonie du Nord, c'est-à-dire ensoleillé, mais le vent de nord-ouest violent masque l'impression de chaleur de ce début d'été. Les bourrasques qui viennent de la terre font déferler les vagues à revers. Les galets chuintent bruyamment. Le clapot scintille dans la lumière et me fait brusquement penser à ce jour où il m'avait dit voir les yeux de la mer, quand nous naviguions tous les deux. C'est cette angoisse qui l'a poursuivi pendant sa longue dérive océanique. Aurais-je pu en changer le cours, moi qui fus la seule à qui il parla de sa vision ? J'avais mis cela sur le compte de sa fantaisie et c'est justement cette fantaisie perpétuelle qu'il aurait fallu interroger. J'étais bien trop jeune à l'époque et comment aurais-je pu porter un tel fardeau ? Lui-même n'y est pas arrivé. Son rêve était trop gros pour lui et l'a entraîné vers le fond comme un boulet.

La mer, au loin, est tourmentée par de forts courants et déferle rageusement. La crête des vagues s'envole. La violence de ce spectacle m'absorbe. Il s'en dégage une puissance ravageuse. Je comprends papa qui y voyait une forme d'indifférence dédaigneuse de la nature. Soumis à ces tourbillons, un être humain pourrait mourir là, à portée de terre. Les cormorans continueraient à voler, les vagues à gronder sur la plage, le vent à coucher les herbes. Je me suis soudain sentie totalement ridicule de penser ainsi. Comment peut-on en vouloir à cet environnement d'être ce qu'il est ? Comment peut-on penser que l'homme pourrait s'y confronter comme à un adversaire doué de raison ? J'ai eu peur tout à coup d'un gène de délire qui se révélerait à l'âge adulte et qui m'atteindrait à mon tour après avoir happé papa. J'ai eu envie de partir, de fuir, de retrouver une ville, une foule, d'échapper à ces stupides cogitations.

Pourtant, je suis restée assise contre les rochers. Cela a duré longtemps et je me sentais fondre dans ce paysage. Je pense que quelqu'un qui serait passé par là ne m'aurait pas accordé plus d'importance qu'aux pierres environnantes tellement j'étais immobile. Le soir est tombé doucement, rosissant le ciel et la mer. Le vent s'est calmé et le bruit des galets est devenu murmure. Cet océan que papa avait voulu défier, cet océan qui le retient à jamais, s'est tout doucement embrumé comme il doit le faire tous les soirs.

Je visualise la scène : papa est nu, maigre, ses cheveux longs emmêlés, son visage croûté de sel. Il n'a pas refermé son journal, il hésite à poser son stylo. Qu'a-t-il fait de ses ultimes minutes ? Voudrait-il encore écrire quelque chose ? Pleure-t-il ? La montre d'habitacle avec laquelle il prenait les tops horaires pour calculer sa position n'a jamais été retrouvée. Je suppose qu'il l'avait à la main pour être parfaitement synchrone avec le timing qu'il avait calculé ; cette seconde précise qui devait lui apporter le triomphe et l'éternité. A-t-il une dernière fois eu peur ? Une hésitation s'est-elle glissée dans son cerveau malade ? J'espère que non. Je préfère l'imaginer sourire aux lèvres, s'extrayant de sa cabine nauséabonde avec le sens d'un sacrifice à accomplir pour le bien de l'humanité, le seul acte qui lui donnera la paix définitive et signera la fin de son calvaire. Il marche droit vers l'arrière du bateau sans que rien l'en distraie, ni le soleil éclatant, ni son bateau pitoyable, ni la pensée de sa femme et de ses enfants. Il vaut mieux qu'il nous ait oubliés et qu'à l'instant où son pied s'est balancé dans le vide, il n'ait plus eu en tête que la gloire et la certitude de l'immortalité.

Dans une eau à 25°, l'organisme humain peut survivre plusieurs heures avant d'être saisi par l'hypothermie. L'échelle de bain amovible, qui devait l'aider à remonter s'il tombait pardessus bord par inadvertance, avait été démontée. Il s'est donc méfié de lui-même. Sans celle-ci, les parois de *Sailahead* sont trop lisses et trop hautes pour être escaladées car on ne peut pas prendre appui sur l'eau. Je prie pour qu'aucun éclair de lucidité ne l'ait repris au contact du liquide, pour qu'il se soit senti dans l'élégance comme il disait, dans son refus du jeu, jusqu'au bout.

Je m'interroge aussi sur ce souvenir d'enfance dont il parle à la fin, cette tromperie de sa mère. L'aurait-il inventé pour seulement se décharger en quelque sorte de sa responsabilité, pour faire apparaître sa disposition au mensonge comme quasiment chromosomique. J'ai peu connu ma grand-mère, mais je me souviens de cette femme triste et passive qui aurait pu se laisser séduire, échappant quelques instants à un mari austère. Il est certain qu'elle était folle de son fils et qu'elle l'a sans doute surprotégé. C'est une part de l'histoire qui n'appartient qu'à eux.

Ce tour du monde a eu un lourd bilan. Papa est mort. Tetley s'est suicidé un an après son retour. Il avait été très affecté par son naufrage, surtout quand il a appris le drame et compris qu'il avait forcé l'allure pour rien. Sa femme a témoigné qu'il était revenu dépressif et ne dormait plus. Il était couvert de dettes et s'est pendu dans sa grange. Moitessier, selon certains, coule des jours heureux en Polynésie et, selon d'autres, a sombré dans la drogue et la clochardisation. Robin Knox-Johnston, le seul à être arrivé, serait aussi le seul à être resté « désespérément normal » selon l'avis des psychiatres qui l'ont examiné. Il a eu un très beau geste. Comme le comité de course lui avait attribué en plus le prix du plus rapide, il a envoyé un chèque correspondant à maman en la suppliant de l'accepter au nom de la solidarité des gens de mer. Les terres du Yorkshire n'ont pas dû être vendues, enfin pas tout de suite, car la vie était devenue financièrement difficile et il a quand même fallu s'en séparer, mais l'argent a servi à payer nos études.

Aujourd'hui, j'en voudrais plutôt au *Sunday Times*. S'il n'avait pas voulu se saisir de cette occasion, flairé un événement médiatique, papa n'aurait jamais eu l'idée de partir. Il a ensuite subi la tyrannie de la course, du classement, de l'opinion publique.

Une telle épreuve n'a plus jamais été organisée et j'espère qu'elle ne le sera plus. C'était une folie inutile, mamie Té avait raison.

Je me sens envahie par l'impuissance, mais je la ressens maintenant comme une sagesse. Même si j'avais communiqué à maman le contenu de la lettre, je ne crois pas qu'elle aurait réussi à le faire revenir. Il était déjà trop loin dans son mensonge, dans sa folie. Et si elle l'avait obtenu, dans quel état serait-il revenu ? Il le disait lui-même : « Il ne faut pas chercher de raison. » Son destin était marqué du goût amer de l'eau salée.

Quand je suis remontée dans la voiture, je n'ai pas eu d'hésitation à claquer la porte.

CET OUVRAGE
A ÉTÉ ACHEVÉ D'IMPRIMER
SUR ROTO-PAGE
PAR L'IMPRIMERIE FLOCH
À MAYENNE EN MAI 2009

N° d'édition : 15796 – N° d'impression : 73940
Dépôt légal : mai 2009
Imprimé en France